ハイハイ奮闘録 3

そえだ 信

ウォルフ
ルートルフ

登場人物紹介

CONTENTS

プロローグ

昨年十の月、僕は不思議な意識に目覚めた。

間もなく父たるベルシュマン男爵領での食糧危機を知り、兄と協力して改善を模索することになった。

加護の『光』によるクロアオソウの栽培。

天然酵母による柔らかいパンの製造。

ゴロイモの調理法の見直し。

これらによって、冬の食糧難を乗り切る目処(めど)が立った。

また森の中で塩湖を発見したことにより、製塩での収入の道が開けた。

年が明け、隣の領地に囲われていたオオカミの一群を解放し、農地への野ウサギ被害を食い止めることができた。

その後、キマメの調理法、トーフの製造、アマカブによる製糖法を開発し、領地の暮らしにかなりの安定が望めるようになった。

兄を通じて、父とも意思確認をした点がある。

領民たちの生活に不安がなくなったら、これらの生活、経済改善の方策は国のために役立てたい。

そのための第一歩として、母の実家であるエルツベルガー侯爵領に製糖産業確立の協力を諮(はか)った。

兄の祖父と伯父(おじ)に対する交渉の末、それは受け入れられた。

これで、僕たちの目指してきた未来に、一つ新しい局面が開けたことになる。


ここまで約七ヶ月、怒濤(どとう)のような日々だった。

生後ようやく一年を過ぎたばかりの赤ん坊の身、少しは気楽に心身を休めたい気もする。

侯爵領から戻って、慣れた自宅に落ち着き。

ようやく、妹のミリッツァや幼馴染(おさななじみ)のカーリン、オオカミのザムと遊ぶ生活を取り戻した。

僕以上に、この安定したのびのび生活をミリッツァは大喜びで満喫しているようだ。

カーリンもますます、弾(はじ)けるほどの元気さを見せている。

外からは、エルツベルガー侯爵領から譲り受けたニワトリたちの活発な声が、ひっきりなしに聞こえるようになった。

二階からは村の向こうに、春の作付けを終えて緑に色づき始めた畑の広がりが望める。

まさに絵に描いたような、長閑(のどか)で幸福な農村の佇(たたず)まい、と言っていいだろう。

七ヶ月前に兄と僕が思い描いた光景、それが予想を超えるほどに実現された、と言えそうだ。

改めて満足の息をつき、僕は妹たちとの遊びに興じていった。


五の月の第四週、父から手紙が届いた。

来週、王都で建国記念祭が行われる。それを見に来ないかという、兄への誘いだ。

もちろん大喜びで受け入れた兄は、一緒に僕も連れていきたいと母に相談した。しばらく悩んだ上、母はそれを承諾した。

そうなるとまたミリッツァも同伴、ということになる。赤ん坊二人を連れて移動という困難を背負うことになるが、つい最近の実績があるので憂いも少ない。

一度あることは二度、三度あるとか。

この月の頭に生まれて初めての遠出を経験したばかりの僕は、同じ月のうちに三度目の馬車旅をすることになったわけだ。

侍女ベティーナと護衛二人の同行は同様。ただ執事のヘンリックはそうそう領地を離れられないので、今回は王都から父の秘書役ヘルフリートが迎えに来ることになった。

1 赤ん坊、出立する

部屋で兄妹だけになった時間に、兄から話を聞いた。

建国記念祭はグートハイル王国最大の祭りで、五の月の最終、五の光の日から土の日まで三日間、王宮前広場を中心に王都全体で行われる。

「俺も見たことはない、話に聞いただけだが」と断りの上での説明では。

初日には国王の挨拶と、国軍のパレードがある。

三日間を通して広場には屋台が並び、劇や踊り、歌などが披露される。

最終日には集まった人々みんなで踊り、夜中まで酒が酌み交わされる。

初日の夜には王宮で舞踏会が催されて貴族たちの社交の場になるが、それ以外は一般民衆のための祭りという色合いが強いようだ。二日目三日目には、貴族も民衆に交じって楽しんでいる姿が見られるらしい。

初日の舞踏会に貴族の子どもが正式に参加するのは十五歳で成人した者に限られるが、それ以下でも十歳くらいから顔見せ程度に会場に連れられていく例は多いらしい。今回父は兄をここに連れていくつもりのようで、「正装を用意しておくように」という指示が来ている。さすがにこれは、僕とミリッツァは不参加だ。

「騎士候補生合宿で知り合った連中と会えるかもしれないから、楽しみだ」

「でもにいちゃ、ちゅうもくされるかも」

「そこなんだよなあ、問題は」

『光』の野菜栽培や天然酵母、製塩などで、この数ヶ月ベルシュマン男爵領は全国から関心を集めている。それらの発想の元が長男だと父が自慢して回っている節があるので、初めての社交の場で兄が注目を浴びることが十分に予想されるのだ。

あるいはそれが、兄を呼び寄せる父の目的なのかもしれない、と思う。

「まあ、貴族として慣れていかなければいけないことなんだから、仕方ないよなあ。この秋から初等貴族学院なんだから、逃げてもいられない」

「ん」


貴族学院は、十の月から三の月までの冬期間、王都に貴族の子どもを集めて開かれる。おおよそのところ、十二歳から十四歳までの三年間通うのが初等学院、十五歳から十七歳までが中等学院、となっているらしい。

初等学院では地理、歴史、算法など、貴族としての必須知識を身につける。中等からは生徒も成人を迎えているので、これに社交の経験を積む要素が加わるようだ。

こうして話題に出すと、この冬には兄がいなくなるのだという現実が実感されてくる。ずっと何年も連続するわけではなく半年王都、残り半年が領地、というくり返しだというのがわずかに救いだけれど。

何しろ僕は、兄がいなければ完全にふつうの赤ん坊としての活動しかできないのだ。

まあ逆に考えて、冬期間には赤ん坊ライフを満喫できる、と割り切ればいいのかもしれない。

僕が貴族学院に通う頃には兄もしっかり父の後継としての仕事に就いているんだろうなあ、とふと想像し、あまりに遠い将来に思えてその映像はすぐにかき消えた。


そんな会話をしながら、僕はベッドの上で腕立て伏せのような運動。

ミリッツァは兄の膝に抱かれてあちこちくすぐられ、きゃきゃきゃきゃと笑い声を立てている。

最近この妹は、すっかり兄の抱っこが気に入ったようだ。

少し喜ばしいことに、カーリンとのお遊び、ベティーナや兄の抱っこの間は、短時間僕の姿が見えなくなっても泣かなくなった。

それでもあくまで『短時間』らしいけど。

カーリンと遊んでいる間が、いちばん誤魔化されやすいようだ。そっと僕が姿を消しても、しばらくは気がつかないことがある。

それでもちらと振り返って僕の不在に気づくと、次第に落ち着かなくなる。ちら、ちら、が多くなり、やがて遊びを放り出してはいはい、周囲を探し回り始めるという。

ベティーナに抱かれているときに僕が部屋を出ていっても、すぐには号泣しなくなった。恨めしそうに僕を見送り、ひしとベティーナに縋りつく。少しの間はその姿勢を保っているが、長時間になってくると震え泣きが始まる。

つまりは、少しの間なら我慢することを覚えたらしい。

ーナの弁だ。

「いじらしく我慢しているのが伝わってきて、わたしまで泣きたくなってきますぅ」とは、ベティーナの弁だ。

その我慢させた後で僕が戻ると、半べその顔に笑いを浮かべて抱きついてくる。

その半べそを見ると、二度とこんな可哀相なことをしたくない、と思ってしまう。

いや、我慢することを覚えるのは絶対必要だと、頭では分かっているのだけど。

そもそもこれに慣れてもらわないといちばん困るのは、行動が制限されている僕なのだから。

それでもやはり、今こうして兄の膝上でのきゃきゃきゃ笑いを見ていると、ずっとこの笑い顔を守りたい、という気になってしまう。

困ったものだ。

出立までの数日間、家の中は準備に追われた。

僕が経験する遠出、という点だけでも、最初の日帰り、次の二泊三日を超えて、今度は一週間近くなる予定なのだ。

兄の正装は貴族の嗜みとして常備されていたようだが、それ以上にもう少し、人と会う際のための服装を作り足す必要があるらしい。

僕とミリッツァにも、人に見られて恥ずかしくない衣服の追加が望まれる。

こういう裁縫には、イズベルガが最も力を発揮するようだ。しかし今回はそれだけで間に合わず、ウェスタとベティーナを手伝わせ、さらに村の女性から応援を呼んでいた。

こんな大わらわの準備になるのが、貧乏貴族の悲しさ、ということなのだろう。

子どもは日々成長するので、田舎暮らしではめったに使わない種類の衣服を多数常備しておく余裕がないのだ。

イズベルガたちの頑張りで、何とか必要分は間に合ったようだ。

それでもやはりぎりぎりの綱渡りだったらしく、暖かくなってほぼ必要ないだろうが道中念のため用意しようという上着について、ミリッツァの分は僕のお下がりで我慢してもらおう、などと話している。

決して、正妻の子との差別、ということではないはずだ。イズベルガの目の下の隈を見ると、そんな邪推を仄めかすことさえ申し訳ない、という気になってしまう。


五の月の五の風の日、早朝に馬車で出発した。

御者は前夜到着したヘルフリート、いつものように護衛二人が騎馬で横につく。

ヘルフリートは、ベティーナに抱かれたミリッツァを見て目を細めていた。

「ご機嫌ですねえ。すっかりこちらに慣れたようで、喜ばしいです。初めて王都の屋敷に来られたときのミリッツァ様は、ぐすぐす泣きっ放しでしたから」

「ルート様にいちばん懐いてらっしゃるんですよお。今でもルート様が傍にいないと、大泣きして止まらないんですう」

「それはそれは。ルートルフ様。モテモテですな」

——赤ん坊の妹にもててもなあ。

ヘルフリートとベティーナのやりとりに、内心ツッコミを入れながら。まあしかしこの辺、懐かれているだけよしとするべきかと思い直す。

何だかんだ言って、とにかく好かれていることに悪い気はしない。

前二回の馬車旅のときに比べて、この日は天気が今ひとつなのが残念だ。

空は一面黒く曇り、しとしとと霧より少し重いかという雨粒が落ちている。

馬車の中はそれほどでもないが、騎馬の二人は頭から被った雨具がぐっしょり濡れて、大変そうだ。

「寒くないか？」と気遣う兄に、「鍛えてますから平気です」とテティスとウィクトルは笑って応えている。騎士団予備隊時代の訓練で、この程度は何度も経験しているという。

行程が進み、ロルツィング侯爵領に入っても天気はあまり変わらない。雨脚が強まったり弱まったりがくり返されているようだ。

前回楽しんだ湖が迫る景観も、今日は暗く沈んで見えるばかりだ。

それでも、馬車の中は暗い雰囲気になることはなかった。

僕と並んで座席に座らされるとミリッツァはこの上なくご機嫌で、抱きついたり手を引っ張ったりしながら始終笑い声を上げている。

道中のいちばん懸念されていた令嬢御機嫌問題が今のところ難なく過ぎていて、兄もベティーナも安堵の様子だ。

間もなく湖畔の地帯を抜け、街道は畑地の間に入ったようだ。

ふと見上げた窓の外に一台馬車がすれ違い、後方へ遠ざかる。

少しして、脇からテティスの声がかかった。

「ヘルフリート、馬車を停(と)めて」

「どうした？」

すぐに道脇に寄り、馬の歩みが止まる。

ぴったり横に乗り馬を寄せて、テティスとウィクトルは後ろを窺(うかが)っている様子だ。

横に身を乗り出して、ヘルフリートが問いかけた。

「何かあったのか？」

「分からん。が、妙な気配がする」

「何だ？」

ヘルフリートは、首を傾(かし)げる。

注意喚起の理由は、テティスの勘というだけらしい。

「何――」

「し――向こう、林だ」

「何だ？」

テティスの指す方向へ、ウィクトルの馬が数歩踏み出す。

そこへ。

がさがさと茂みを分けて、白っぽいものが飛び出してきた。

大型の、獣だ。

「何？」

「お前――」

一瞬身構えた護衛たちが、すぐに動きを止めていた。

姿を現した獣が、すぐ道の真ん中に座り込んだのだ。

それは何とも、見慣れた外見で。

「ザム？」

「お前、ザムか？」

「ウォン」

二人の呼びかけに、軽い声が返ってきた。

とたん、馬車側でも警戒の緊張を解いていた。

ウィクトルが馬を降りて、オオカミの頭を撫でている。

「お前、びしょ濡れじゃないか。ウォルフ様、どうします？　馬車に乗せますか」

「そうだな、そうしてくれ」

窓から首を伸ばしていた兄が、怒鳴り返す。

ザムが濡れているのも気になるが、街道にオオカミをそのままにしておくわけにもいかない。

扉を開くと、ウィクトルがザムを押し上げてくる。

騎馬のままテティスが寄ってきて、説明した。

「さっきすれ違った馬車が遠ざかった後に妙な気配がしたのですが、あれを避けてザムが林の中に逸れていたのでしょう」

「ずっと街道を走りながら、誰かに見つかりそうになったら隠れていたわけか。それにしてもザム、何だって追いかけてきたんだ？」

大きな布を被せて兄が濡れた毛皮を拭いながら問いかけても、ザムは大きく尻尾を振っているだけだ。

ウィクトルが肩をすくめて、溜息をつく。

「ウォルフ様に置いていかれると思って、焦ったんですかねえ」

「留守番は、こないだも経験したはずだが」

「こないだが置いていかれて寂しかったんで、今度は我慢できなかったとか」

「うーん……まあ、そんなところか」

納得半分で、兄は首を傾げている。

御者席から、ヘルフリートも苦笑いで声をかけてきた。

「それにしてもウォルフ様、そいつどうするんです？　ここまで来て、連れて一度戻るっていう余裕はありませんよ」

「言い聞かせて一人で帰らせるっていうのも、少し無責任だよな。ちゃんと帰るか確認できないし、そこら辺の農民の家を騒がせたりしたら、大変だ」

「ですねえ。しかし、王都にオオカミを連れ込むっていうのも、考えものですよ」

「だよなあ」

大きな溜息で、兄は腕組みをする。

その長考も、溜息とともに終わりにした。

「連れていくしかないだろう。道中、馬車から出さない。王都でも向こうの屋敷から出さないってことにして」

「ですねえ。まあ、それしかないか」

兄の決定に、御者も護衛たちもとりどりに頷いている。

こちらではベティーナが、ごしごしとザムの全身を拭いてやっていた。

「ほらあザム、大人しくしてなきゃ、メッ、ですよ」

「きゃきゃ、ざむ、ざむ」

ザムが大好きなミリッツァは、ぺたぺたと嬉しそうにその毛皮を撫でようとする。

慌てて、ベティーナはその手を押さえた。

「わ、ミリッツァ様待って。まだザム濡れてますから、冷た、ですう」

「きゃきゃ」

一通り拭い終わるまで、僕がミリッツァを抱き押さえていることになった。

再び馬車が動き出すと、何事もなかったかのようにザムは床の上に丸くなってしまった。

「人騒がせして、呑気な奴だな」

「でも、こんなにウォルフ様を慕って、可愛いですう」

ある程度毛皮が乾いたところでミリッツァと僕は撫で回したり乗りかかったりして、残りの道中の退屈をかなり紛らすことができた。

西ヴィンクラー村から王都への旅程は、馬車で一日半を見込む。

王都側から来る場合はロルツィング侯爵領の領都デルツで一泊するのがふつうで、逆に王都に向かう場合は王領北部の宿場町ヘンクでの一泊を予定している。

この日も日没前からかなり暗くなった街道を、ほぼ予定通りヘンクに入った。

ベルシュマン男爵家の定宿だという建物に入り、馬車を預ける。ザムには宿屋の従業員に知られないように車内で荷物と化してもらい、こっそりウィクトルが世話をすることになった。

翌朝はまた、早いうちに宿を発つ。

雨は上がっていたが五の月の終わりとは思えない冷え込みで、僕らは念のためにと用意していた上着を羽織ることになった。

ミリッツァは、僕が秋頃まで着ていた茶色の上着を着せられる。何とも女の子に似つかわしくない地味色だが、いつもにもまして上機嫌なはしゃぎようだ。自分の袖口をくんくん嗅いだり、ぱたぱた僕の腕を叩いたりしてくる。

「もしかして、袖とかにルート様の匂いがついているんでしょうか」

「かもしれないな」

ベティーナと兄は簡単に納得しているみたいだけど。

――妹が変態じみてくるようで、怖い。

僕にとっては初めてロルツィング侯爵領を抜けて王都に入る旅路だけど、前の日は暗くなってほとんど景色も見えず、この日も朝霧で見晴らしは望めない状態だ。

ヘンクの町を出ると、まだ朝早いせいか、他の馬車も人の姿も見えないまま道が続く。

それでもロルツィング侯爵領北部などよりは、ところどころ見える農家家屋の数が多い気がする。

このまま家並みが増えていって、大きめの町を二つほど過ぎて王都に至るらしい。

王宮を護るために街ごと高い防護壁で囲まれていて、その壁を抜けるとたんにすごい賑わいになっているんだ、と兄がベティーナに説明している。

この一行の中で、僕とベティーナ（と、おそらくザム）が王都は初めてだ。ミリッツァは王都生まれらしいが、おそらく何も覚えてはいないだろう。

というわけで、ベティーナがそろそろ初めての都会を見る期待に胸の弾みを抑えられなくなっている様子だ。

二度目の兄にしてもやはり同じようなもので、いつになく興奮混じりに声を高めている。

そうしてしばらく進んだところで。

「おや」と御者席でヘルフリートが声を上げた。

両側から護衛たちの馬が寄ってきた。

兄が、前へ身を乗り出す。

「どうかしたのか？」

「何かあったんですかね。どうも、荷車が停まっているようです」

2 赤ん坊、危機に陥る

ヘルフリートの返事に窓から顔を出すと、確かに横向きの車体と数人の人と馬の姿が行く手の路上に見えていた。

近づくにつれ、人力で引くものらしい土を満載した荷車が側溝に塡（は）まっているようで、三人の男が持ち上げようと動いているのが見えてきた。

手前には、商人らしい服装の男が二人、腰に剣を提げ馬を引いて立っている。

横向きの荷車が道を半分以上塞いで、こちらの馬車が通り過ぎるのは無理そうに見える。

「塡まったのかい？」

手前で馬車を停（と）めて、ヘルフリートが声をかける。

作業をしていた農民らしい男たちの一人が、申し訳なさそうに応えた。

「へい、すんません。すぐどけますんで」

「三人で、手は足りているのかい」

「さっきから頑張ってるんですがね。何とも……」

肌寒い中で、三人とも汗まみれの顔だ。

顔を見合わせて、テティスとウィクトルが降りた馬の手綱を馬車の横に引っかけ、そちらに寄っていった。手を貸そうというのだろう。

馬を引いた商人らしい二人が、軽く頭を下げる。

「済みません。私たちは力がなくて」

力がないのが本当か、泥で汚れそうな作業を嫌っているのか、本音のところは分からない。

まあ二人ともテティスよりも小柄で、確かに腕力はあまりなさそうだ。

その前を過ぎて、護衛二人は荷車に手をかけていた。

様子を見ようと、兄とベティーナも僕らを抱いて馬車を降りた。

ただザムを見られたくないので、扉はしっかり閉じる。

手が足りなければ加勢するつもりらしく、ベティーナに僕を預けた兄とヘルフリートもかなり近づいて成り行きを見守る。

赤ん坊二人を抱いたベティーナは危ないから下がるようにと言われて、馬車の横に佇む。

護衛二人が加わった五人で、荷車の前後がしっかり握られた。

「よーし、息を合わせるぞ」

「一、二の三、それ！」

ぎし、と震えたが、荷車は持ち上がらない。

「そら、もう一度」

「一、二の三！」


次の瞬間、だった。

ブヒヒヒヒーーーー！

思いもかけない、けたたましい音声が、すぐ傍から立ち上がった。

驚いて、見ると。馬車横に繋いだ二頭の馬の足から、血が噴き出しているのだ。

——え？

「ぎゃあ！」

次の叫び声は、まさにすぐ身近からだった。

一瞬世界が回転し、目の端にベティーナが倒れていくのが見えた。

宙に投げ出されかけた僕の身体は、すぐに荒々しく掴み上げられた。

横では、ミリッツァも同様に。倒れるベティーナの腕から奪い上げているのは、商人に見えていた男だ。

僕を抱えているのも、その相棒だろう。

考える暇もなく、身体が浮くのを覚えた。

僕を小脇に抱えて、男が馬に飛び乗った、らしい。

間髪を容れず、馬が走り出す。

今、我々が来た方向へ。

ミリッツァを抱えた男も、すぐ後ろについてきている。

「こら、待て！」

兄のものらしい叫びが、すぐに後ろに遠ざかっていた。

走る。走る。

ものも言わず、おそらく馬の全速力で。

容赦なく、振動が伝わってくる。

男の腕に抱えられただけで他に何も支えがないのだから、今にも振り落とされそうな恐怖に包まれっ放しだ。

以前にも同じような目に遭った経験があるわけだけど、あのときはすっぽり袋に入れられて男が担いだ格好だった。

それほど大差ないとは言え、今回はさらに支えが心許(こころもと)ない。

それに加えて、自分一人に留(とど)まらない危惧を伴っている。

必死に後ろを見ると。後続馬上で抱えられた妹は、声は聞こえないが号泣の表情だ。

当然、怖くて怖くてどうしようもないのだろう。

僕の頭に、恐怖と怒りが渦巻き濁り合う。

しかしそれにもとりあわず、馬は走り続ける。

追ってくるものも、すれ違うものもない。

すれ違いは、この早朝と霧のため、さっきからだが。

追っ手は。

護衛二人の馬の足に、おそらく剣で斬りつけた。だから、すぐに追跡に入れないのだ。

馬車を引いていた馬を使うとして、その準備にそこそこ時間を要するだろう。

それが、この二人の賊の狙いだったと思われる。

このまま街道をひた走ったとして、護衛たちが追いつくことはできるだろうか。
思っていると。
前触れもなく、馬は横に曲がった。小道さえない、草の中へ走り入っていく。
もちろん、後続もついてくる。
行く手は、林。その中に、逃げ込むつもりのようだ。
ますます、追っ手が見つけるのは難しくなったことになるだろう。
木の間に入って、馬の速度は落ちる。
しかし乗り手は迷いなく、奥へと歩みを進めているようだ。
奥へ。奥へ。
暗い木立の中を、しばらく進んで。
やがて、視界はわずかに開けた。
それほど広くない平地に、小さな木造の小屋が一つ建っている。
僕を抱えた男は、その脇で馬から降りた。
後ろについてきた男も、降りてくる。
近づいて、その音声が蘇(よみがえ)った。
「ひいん、ひいん」とミリッツァが泣きじゃくっている。
「るーた、るーた――」
こちらに向けて、精一杯手を伸ばしてくる。
僕の頭に、じわじわと熱さが増してきた。

許せない。妹を、こんなに泣かせる奴。

今すぐにも男の腕を払い除け、妹を救いに駆け寄りたい。

しかしそれでも、僕になすすべのありようはなく。

じたばた暴れてもあっさり押さえられ、男の脇に抱えられているだけなのだった。


馬をそのままに、男たちは小屋へ入っていく。

中は、埃にまみれたような床の上に、薪らしいものがいくつか積まれている。それだけ、だ。

何もないのか、と思っていると。僕を抱えた男は屈み込み、床を手で探った。

窪みが把手になっていたらしく、四角く床板が持ち上がる。人一人が余裕でくぐれるほどの口が開き、下へ向けて木の階段が見えてきた。地下室、らしい。

部屋の隅に置かれていたらしく、小さな燭台に立てた蠟燭に、僕を抱えた男が火を点けた。

その灯りを片手に段を降り、もう一人も続いてくる。

三方向の壁に何やら布袋が積まれた、人が二、三人動き回れるかどうかという狭い空間だ。

袋の積み上げが低いところへ、無造作に僕は載せられた。

少し離れたところに、ミリッツァも同様に載せられる。

「るーた、るーた――」

ぐすぐす泣きじゃくっていた声が、直後、

「ひいいーーん」とさらに高くなった。

見ると、そちらの男はミリッツァの上着をはぎとっている。

「やっぱり、こっちは女だ」

「じゃあやはり、こっちが弟だな。そっちは使用人の子どもだろう」

「決まりだな」

「ならあっちのガキを誘き出すのに、そいつはいらない。始末しろ」

「おう」

片手でミリッツァを押さえた男は、もう一方の手にナイフを握っていた。

一瞬で、僕の背筋に冷たいものが走った。

「だめ――」

高速で、頭を回す。

今こいつらは『弟』と言った。

僕ら二人を攫ってきたのは、前回と同様に身代金目的か、何かを要求するための人質だろう。

おそらく最終目的は兄を攫うか命を奪うかで、その『弟』ということに僕の意義を見出している。

二人ともを連れてきたのは、似たような上着を着ていてどちらが『弟』か決めかねたせいだ。

ここで確認した結果、ミリッツァを使用人の娘と思って、価値がないと判断している。

兄の『妹』だということを知れば、その価値を見直すかもしれない。

「みりっちゃ、いもうと、いもうと」

すぐ傍に立つ男の腕を掴んで、僕は必死に呼びかけた。

「いもうと、いもうと――」

「ん？」

とわずかに訝しげな顔になったが、男はすぐに仲間に目を戻した。

「構わない、やれ」

「だめ――」

目の前の男に向けて、必死に手を伸ばし。

弾みで僕は、ぺしゃりと床に転げ落ちていた。

しかし構わず、そのまま四つん這いになって、はいはい。

ミリッツァを摑む男の足に、むしゃぶりつく。

「みりっちゃ、みりっちゃ、いもうと――」

「うるさい、このガキ！」

そのまま足が上がり、僕は蹴り飛ばされていた。

ずざざ、と木の床に転がり、こめかみに痛みが走る。

それでも怯まず、もう一度その汚れた靴に食らいつく。

再度足が振られ、僕の身体は宙に浮き。埃まみれの床に叩きつけられる。

たちまち頭の中が、真っ白に霞む。

「馬鹿、人質の方は傷つけるな」

「でもよ」

「この先があるんだ。これまでの苦労を無駄にする気か？」

「……分かったよ」

「分かったら、さっさとそっち、やれ」

「おう」

不服そうながら、声が返り。

向き直り。

手に握ったナイフが、振り上げられる。

「みりっちゃ……」

頭真っ白な、ままで。

力入らないまま、僕は手を伸ばす。

「ふぎゃあーーーー」

火のついたような、泣き声。


一呼吸、二呼吸。

置いて。

どさり。

その床に、重たい音を立てて倒れ沈むものがあった。

「何だ、どうした？」

僕に屈み込みかけていた男が、訝しげに振り返る。

その目の先、相棒がこちらを頭に、仰向けに倒れていた。

見開いたままの濁った瞳が、天井を向いたまま動かない。

「何だっていうんだ、おい、ふざけてるのか？」

頭側から手を伸ばし、鼻先に掌をかざし。

「何——嘘だろう、おい」

そこに、息は感じとれなかったようだ。

蒼白になった男は、慌てて周囲を見回す。

何処かに、相棒の命を奪ったものが隠れている、と考えてか。

しかし、狭い室内、積まれた袋の陰にも人の隠れようはなく。

見回し、見回し、考え込み。

首を振って、一息つき。

唸るような、呟きが漏れた。

「分からない。しかし、こうしちゃいられない」

倒れた男の手から落ちたナイフを、拾い上げていた。

その先を、泣き叫び続ける赤ん坊の上へ。

「みりっちゃ——」

なお真っ白な頭のまま。

ふらふらと、もう一度僕は手を伸ばした。

男が、首だけ振り返った。

その目が、血走り、丸められ。

「お前、まさか……」

差し伸ばす。

向けられた、男の眉間。

ごく、ごく細い『光』が刺し込まれていく。

「ひ……」

一瞬で、息が詰まり。

室内に、まるで時間が止まったような錯覚が漂う。

そうして、数瞬。

ゆっくり、男は前のめりに倒れていった。

ばさり、と鈍い音。

寸時、辺りが静寂に包まれた、が。


「ひぎゃあーーーーー」

直後、狭い地下室にミリッツァの泣き声だけが響き渡った。

ひとしきり全身をよじり。

ぼてりと床に落ちて。

こちらに向けて両手を伸ばしてくる。

「るーた、るーた――」

必死に両腕をにじり這(は)わせて、僕は妹に覆(おお)い被(かぶ)さった。

「みりっちゃ、みるな」

すぐ目の前に転がる、醜怪な死体二つ。

こんな醜いもの、見てはいけない。

涙まみれの瞼（まぶた）を撫（な）でて、僕は苦労してミリッツァの下に身体を潜り込ませる。

それと気づいて、ミリッツァは泣きながら僕の背中にしがみついてきた。

何とか踏ん張って、僕は両腕を立てた。

「いこう、みりっちゃ」

妹を乗せて、四つん這い。

おんまの格好で、一歩、一歩。

倒れた男たちの身体を迂回（うかい）して。

汚れた床にずりずりと膝を擦（こす）らせて。

ようやく力の限り、時間をかけて、階段下に辿（たど）り着（つ）く。

見上げると、遥（はる）か高みに開いた四角い口。

二人分の重みを乗せた自力で、登りつけそうにはとても思えない。

しかし、登らなければならない。

こんな醜い、陰惨な場所に、わずかな間もミリッツァを置いておけない。

そのミリッツァは、まだ短いはいはいがやっと、階段はとても登れない。

僕が頑張るしか、ないのだ。

「しっかりつかまって、みりっちゃ」

「きゃう」

僕のおんぶに安心して、ミリッツァの泣き声は止（や）んでいる。

意志が通じたか、首に回った腕に、少しだけ力が加わる。

一段。

一段。

ゆっくり、慎重に、手と足を進める。

もし背中の妹が転げたら、僕の力で支え止めることはまず無理だろう。

梯子(はしご)でなく、一応階段の態(てい)をなしていて、助かった。

途中で休んでも、摑まるミリッツァが力尽きて滑り落ちることがない。

何度か、首に回る腕の位置を確認して。

今にも崩れ折れそうな手足を励まして。

一段。一段。

一段。一段。

それでも途中で、腕の力が入らなくなった。

もともと力弱い足が木の板の上を踏み損ね、今登った一段を滑り落ちた。

「わ！」

「きゃ」

慌てた態で、僕の首に回った小さな手に力が加わる。

土埃(つちぼこり)で汚れ放題の板を必死に両手で摑み、僕は転落を支え留めた。

角に擦(こす)れた頬(ほお)に、痛みが走った。

はあはあと息が弾み。
何とか体勢と気持ちを落ち着け。
はあはあ。
見上げたゴールは変わらず、絶望的なまでに高い。
一つの段の上で、しばし身体を休める。
けれどそのまま休み続けると、二度と動けなくなりそうで。
意を決して、一段上に、手を伸ばす。
とにかく、一段。
もう、一段。
ようよう上がっては息をつき、何とか気を奮って、また上に手を伸ばし。
一段。
一段。
またも、足の踏ん張りが利かず、滑りかけ。
とにかくも、首に回った小さな手を握り押さえ。
はあはあと、ますます息が切れてくる。
次の段へ、手を伸ばさなければ。
ここで止まっては、今までのすべてが無駄になる。
二人まとめて、力失って、転落するしかなくなるかもしれない。
何とか、何とか、次の、上の段へ。

一段。

一段。

上へ。


どれだけ時間がかかったか、分からない。

――ああ。

明るみの中に、ようやく、入口の影が見えた。

これが、最後の一段。

上の床に手をついたとき、僕はもう精も根も尽き果てていた。

――助かった、か？

――いや――。

こんな小屋の中では、近くを人が偶然通りがかったとしても、見つけてもらえる保証はない。

せめて、外に出なければ。

しかし水平な床に上がっても、息も切れぎれの僕は、もう腕を立てることさえできなかった。

それでも。

顔も胸腹までも埃まみれになるのに構わず。

ずりずり、ずりずり、木床の上を這い進む。

背中からは、すうすうと穏やかな寝息が聞こえてきた。

何処か安心しながら、力を振り絞り。

ずりずり、ずりずり。

また、時間の感覚が遠ざかっていた。

さらにどれだけ、時が流れたか。

開いたままの出口。

扉の下枠に、ようやく手をかけ。

たぶん真っ黒になっている顔を、辛(かろ)うじて戸口から突き出し。

そこで、ついに僕は力尽きていた。

動けない。

何とかここまで、辿り着いたけど。

それでもまだ、希望は遥かに遠いのだ。

ここは、かなり林の奥に入った場所だ。

最初賊たちが逃走していた街道から、大きく逸(そ)れている。

見ていた限り、ここに続く小道さえない。

偶然にせよ、この小屋を人が見つけるなど望めそうにない。

動けないまま、ここで飢えてか凍えてか命尽きるかもしれない。

背中の妹だけでも、何とか救うことはできないだろうか。

あれから少し遅れて追っ手がかかったとしても、この方向を見つけるのはまず無理だろう。

街道を追うのは無駄だと気がついて、脇の方を探す方針に切り替えて。それからここを見つける
まで、どれだけ時間がかかるだろう。

こちらが命尽きるまでに、間に合うか。
この体勢で身体を休めて、回復して街道を目指すことはできるか。
どちらも、かなりの無理筋という気がする。
思い巡らす限り、希望は一つだけ、だった。
その希望が叶（かな）うことを、ひたすら一心に、祈った。
祈り、祈り。
また、どれだけ時間が経過したか、分からない。
背中の穏やかな寝息に合わせて、僕の意識も少しずつ薄れていった。

3 赤ん坊、うなされる

そのとき。

「ウォン」

「ざむ」

濁った意識の中で、僕は希望が叶ったことを知った。

林から駆け出してきた、白銀色。

喜色をその目に込め、たちまち駆け寄ってくる。

「ざむ、ざむ」

友が屈み込む、その間も待てなかった。

首を抱え込み、その温かさに、夢でないことを確かめる。

涙さえ浮かばず、ただ全身に熱いものが込み上げる。

「つれてって、ざむ」

「ウォン」

低くしてくれた背に、辛うじて這い昇り。

温かな首筋を撫で。

「ゆっくり、おねがい」

「ウォン」

背中で眠る妹も、半死半生の僕も、いつ力抜けて滑り落ちるか分からないのだ。

心得て、慎重な足どりで、ザムは帰路を辿(たど)ってくれた。

暗い木々の間を、抜けて。

抜けて。


「あ、いた、ザム」

「ウォン」

「ルート、ルートだ」

遠く、兄の歓声を聞きながら。

ついに僕は、意識を手放していた。

目覚めに近づく。
に、つれ、夢が暗さと重さを増していた。
目を見開いたまま、一瞬で命を手放した、醜怪な男の顔。
近づき、遠のき。

のしかかり——。

「ひ——」

思わず身をすくめ、逃がす——その動きが空振って。

よすがを求めた両手は、確かな温かみを握っていた。

腕の中に、少し前まで馴染(なじ)みの、硬い温かさ。

背中に、このところ親しく離れない、小さな温かみと湿り。

今までそれほど得られなかった、二つながらの幸福を認めて。

ほう、と僕は安堵(あんど)の息をついていた。

思わず、手の中の親しい腕を力任せに握って。

ううん、とそちらに動きを生んでしまった。

「んーー、どうした、目が覚めたか、ルート？」

「……ん」

頭の上から兄に覗(のぞ)き込(こ)まれて、僕はわずかに目を瞬かせた。

ベッドの上、のようだけど。

部屋は真っ暗で、兄の顔もはっきりとはしない。

確かなのは、僕が兄の腕を抱きしめていることと、背中にミリッツァが抱きついていること、だ。

自分の現状を探ると、掌(てのひら)や肘や膝や頬(ほお)や、あちこち擦(す)りむいたらしい痕がひりひり存在を訴えている。手も足も、奥の方からじんじんと筋肉痛が脈打って浮き沈みしている。

おそらく深刻な状態ではないのだろうけど、何とも満身創痍(まんしんそうい)と形容したくなる状況だ。

実際のところ縋るものが他になく、硬い腕を胸に抱き寄せ直す。

「……どこ？」

「王都の、父上の屋敷だ」

「まよなか……だよね」

「ああ。夜中の一刻は過ぎたと思う」

「……そ」

いろいろ確認したい、のに。

頭の中の整理がつかない。

とにかく、いちばん大切なこと——。

背中の寝息は、安堵を伝えてくるが。

「みりっちゃ、だいじょぶだね。べてぃなは」

「ミリッツァは、傷一つない。ベティーナは賊に蹴り倒されたが、大丈夫、もう痛みもない」

「……そ」

「いちばんひどいのは、お前だ。あちこち擦りむいて、汚れて、疲れ切っていた」

「……ん」

「怖い思い、したんだろう。それでミリッツァを助けて、大変な思いをしたんだろう。よくやった。もう何も心配はいらない。ゆっくり休め」

「……ん」

「お前はよくやった、ルート」

さわさわと、頭が撫でられる。

息を吸うと、兄の匂いで胸が充たされる。

何とも安心できる、慣れた匂い。

――今になって、ミリッツァの気持ちが理解できる、ような。

理屈では分からなくても、赤ん坊の身に、こういうものは必要なのかもしれない。口に出すと恥ずかしいのだけれど、母の匂い、兄の匂いは、この上なく胸に安寧を染み込ませてくれるのだ。

何処かで渦巻く不安は、消えないのだけれど。とにかく、今は。

頭を撫でられ、温かな匂いに包まれ、僕は眠りに沈んでいた。


しかし。

次の目覚めも、悪夢に揺られた末のものだった。

目を見開き睨み続ける、死人の顔。

くるめき、近づき、遠のき。

何かを訴え、非難するように。

こちらへ呪いを吹きかけるように。

自分の呻き声で、目が覚めた。

全身が、汗びっしょりだ。

目が明るさを認めても、震えが止まらない。

胸の前に、必死に硬い腕を抱き寄せる。

背中のへばりつきと肩へのしゃぶりつきが、何とも安心を伝えてくる。
それなのに。
怖い。
怖い。
どうしたことだろう。
見慣れない部屋の中は、もう薄明るい。
前と後ろから、穏やかな寝息が聞こえている。
『何も心配はいらない』
――眠る前の、兄の声が蘇る。
何も、心配は、いらない、のだ。
僕は、ミリッツァを守り抜いた。
賊のもとから、逃げ延びた。
僕は、やり遂げた、はずなのだ。
それなのに。
どうしてこんなに、恐怖が消えないのか。
考えて。気がついた。
――僕は、人を、殺した。
一人目は、半分無意識、無我夢中、だった。
二人目は、かなりのところ意識した上、だったかもしれない。

前から、考えてだけはいた。
加護の『光』を最大限細めれば、動物の表皮を貫くかもしれない。
人を殺せるかもしれない。
しかし、結果を知ることが恐ろしくて、試すこともしないできた。
それを、あのとき、僕は実行した。
一人目は、半信半疑、無我夢中。
しかし二人目は、その結果を知った上で、意識的に。
──殺すつもりで、実行した。
──………。
──だから、どうした？
妹と自分の命を守るため、だ。
こちらの命を狙う相手を、返り討ちにしたのだ。
何の問題もない。
むしろ、誇ってもいいくらいだ。
なのに。
──どうして、こんなに怖いんだ？
たぶん、僕がおかしいのだ。
この世界で、命を狙ってきた相手を殺すなど、当然のことだ。
特に、誰かに確かめたわけでもないけど。

たぶん、みんなそうだ。

騎士の修業をした者は当然、敵を屠(ほふ)ることにためらいはしない。

そこまで修業をしていない兄にしても、あるいは村の人たちにしても、意識はそれほど違わないだろう。

相手を殺(や)らなければ、自分が殺られる。

その場合、先に殺ることが、唯一の正解だ。

そこに疑問が、あろうはずがない。

なのに。

――どうして僕は、こんなに怖いんだ？

分からない。

理屈抜きで、恐ろしい。

こうして、震えが止まらない。

たぶん。

僕がこの世界の人間として、おかしいのだ。

根本の常識、のようなものが、おそらく異なっている。

それはもしかすると、例の『記憶』がもたらすものなのかもしれない。

あるいは、赤ん坊の頭と身体に、この感情が過剰なせいなのかもしれない。

いずれにしても。

これはたぶん、誰に相談しても理解されないもの、という気がする。

最も僕を理解してくれている兄にも、それはきっと無理だろう。

僕自身が克服し、押さえ込まなければならないもの、なのだと思う。

自分で、何とかしなければならない。

そのままにしていいはずも、ないのだ。

これまでも僕は、何度も命を狙われている。

これからも同様のことがないとは、言い切れない。

また、妹や他の家族が巻き込まれることがあるかもしれない。

そんなとき、僕は決断しなければならない。

それ以外にも。

この国では、いつ何処で軍事衝突が起きても不思議はない。

自分で戦闘の場に出なければならないかもしれない。

兵や民衆に、戦闘を命じなければならないかもしれない。

人を殺すことをしたくないなど、綺麗事(きれいごと)を言っていられるはずがないのだ。

僕は、これを、克服しなければならない。


悶々(もんもん)と考えている間に、部屋の明るさは増してきたようだ。

兄の腕をひしと抱き、妹に肩をしゃぶられ。

気がつくと、目の前で身じろぎがあった。

「どうしたルート、震えているぞ」

そっと手が動き、僕の頭を撫でてきた。

「無理ないな。怖い思い、したんだものな」

そっと、そっと、頭が撫でられる。

泣きたい思いを堪えて、僕はさらにきつく兄の腕を抱きしめる。

抱きしめる感触の中で、実際自分が震えているのが分かった。

「怖いなら、何も考えるな。何も心配はいらない」

撫でられ、撫でられ。

胸の奥から、安堵が湧いてくる。

しかし、思う。

このまま、現実から逃げたままではいられない。

「……にい、ちゃ」

「ん、どうした？」

「きかせて、きのうのこと」

「……そうか」

ごそごそと、兄は布団の中で仰向けの姿勢をとり直した。

改めて、僕の頭を撫でながら続ける。

「辛かったら、言えよ」

「ん」

「ここは承知しているだろうけどな。あの賊たち二人、馬二頭の足を斬って、ベティーナを蹴り倒して、お前たちを抱えて馬で逃げた。俺たちが追いかけようとしたときには、もうずっと先に見えなくなりそうになっていたほどの素速さだった」

「ん」

「護衛二人が慌てて馬車の馬二頭を外して、それに乗って追跡を始めた。俺とヘルフリートはベティーナを介抱して、あの荷車の三人を問い詰めた。あの連中近所の農民で、賊の二人に金をもらって芝居するように頼まれたらしい。ただし、商売をうまくやるためのちょっとした芝居だ、と言われただけで、あんな貴族の子どもを攫う話だなどとは思っていなかった、と震え上がっていた。

とりあえず怪我した馬の替わりを一頭用意できると言うんでそれを頼んで、ベティーナを馬車の中に入れて休ませた。申し訳ないが、ザムがいることを思い出したのはそのときになってからだった。それで、賊の馬の匂いを追わせた」

「ん」

「馬車の見張りとベティーナの介抱を農民に命じて、ヘルフリートと俺で一頭の馬に乗って、追いかけた。二人乗りで速度は出なかったのだが、それが逆に幸いして、お前たちがザムに乗って街道に出てくるのをちょうど見つけることができたわけだ」

その経緯で間に合ったのなら、僕がミリッツァを背負って階段を登るのに果てしなく時間がかかった気がしたが、それほどでもなかったということらしい。

「お前とミリッツァの具合を確かめている間に、護衛二人も引き返してきたのでな。馬車まで戻って、まず近くの町まで急行した。そこに駐在する王都警備隊の隊員がいたので事態を説明して、ヘルフリートが案内して調査に向かった。残った俺たちは、お前も傷がひどいわけではないからとにかく王都へ運ぼうと、出発した。王都に着いたのは夕方だった。この屋敷にお前を運び込んで、それから医者を呼んで、というわけだ」

「ん」

「夜遅くなって、ヘルフリートが到着した。お前たちを見つけた付近の林の奥に、小屋を発見したと。お前たち、そこに連れ込まれたということでまちがいないんだな？」

「ん」

「調べたところ、地下室に二人の男の死体が倒れていた。階段と床に小さなものが這いずったような跡があった。ルートがミリッツァを背負って這って出てきた、ということなんだろうな」

「ん」

「そこまでは想像がついたし、ヘルフリートが見て二人の死体は例の賊でまちがいない。それはいいんだが、不思議なことがあった。二人の死因が分からない」

「え」

「警備隊隊員が調べても、外傷は見つからないっていうんだな。病気や毒で死んだというような顔色とか症状のようなものも、明らかなものがない。結局分からないまま、王都に運んで調べることにしたらしい」

つまり『光』が貫いた痕は、小さすぎて見つからなかったらしい。もし目に留まっても、小さいちょっとした傷程度で、死因とは思われない、ということか。

「何も痕跡が見つからないなら、心臓が麻痺したせいかということにでも結論づけるしかなさそうだ、という話だ。二人一緒に、ということでは到底信じられない話だが、他に考えようもない。赤ん坊二人が何かできたとも思われないしな。つまりあいつら、お前たちの目の前で突然倒れた、ということになるのか？」

「……ん」

肯定しても、まあ完全に嘘をついたということにもならない。
目の前で突然倒れた、という現象だけは、事実だ。

「それは衝撃だったろうな。それからミリッツァを背負って、階段を登って脱出したわけか。前からお前がそんな練習をしているのは見ていたけど、四つん這いで何歩も進まないうちに潰れていたじゃないか。よくそんな、階段を一階分登るなんてこと、できたもんだ。感心するよ」

「ん」

「ああ、あと重大なことがあった。あの賊の一人、ヘルフリートがよく思い出したら、知った顔だったという。口髭を剃っていたのですぐには気がつかなかったが、例のディミタル男爵の懐刀と言われていて逃亡していた、デスティンという男だったと」

「そうなの？」

「それともう一人の方は、持ち物などからダンスクの人間じゃないかと判断されている。想像できるところでは、一度ダンスクに逃亡したデスティンがそこでもう一人を仲間にして連れてきて、こっちで何かを企んだのではないか、ということだな」

「あいつ、ぼくを、おとうとだからひとじちにする、いってた」

「弟だから？」

「ん。がきをおびきだす、ひとじちって」

「つまりお前を人質にして、俺を誘き出す、もしかすると俺の命を狙ったかもしれない……」

「かも」

「うーーん……」

もし兄の命を狙う目的があったのだとすると、こちらは今後もそれを想定して警護などを考える必要がある。

今回の実行犯二名が死亡したとは言え、他に仲間がいなかったかどうかは分からないのだ。

しかも、ダンスクの人間がどの程度これに関与しているかも、まったく不明だ。

もし力を持った貴族や、最悪国家単位で関係しているとしたら、そのつもりで対策を考えなければならない。

国家単位など大げさに過ぎるように聞こえるが、エルツベルガー侯爵から示唆を受けたように、兄と僕がこれまでしてきたことがそのままダンスク政府に伝わったとしたら、国家利益のためにその排除に乗り出すこともまんざらあり得ないとも思えないのだ。

しかし、問題は。今の僕の証言を兄以外に伝えることができない点だ。

他の点も合わせて今回の事件では、実行犯二名が死亡して、その詳細を知る者が物言えない赤ん坊二人だけになってしまっている。

「そうだとしても、これは俺だけで承知しておくしかない。他の人には何らかの形で、可能性だけ伝えていくしかないだろうなあ」

「う……ん」

いいのだろうか。

真剣に考察しようとしていると、それを遮るものがあった。

「ふあ……むう……」

背中の方から小さな掌が伸びてきて、僕の頬を撫でる。

その手を摑んで振り返ると、しょぼしょぼしていた妹の目が一瞬で丸くなった。

「るーた」

「……はよ、みりっちゃ」

「るーた！　るーた！」

穏やかに朝の挨拶をしようとしたのだが。

いきなりミリッツァは僕の顎下に頭をぶつけて、両手で抱きついてきた。

「るーた！　るーた！」

「みりっちゃ？」

当惑して、兄を振り返る。

兄も困ったような、微笑ましいような、複雑な顔になっていた。

「昨日から、お前の傍を片時も離れようとしないんだ。いつものくっつき具合とはまた別に、お前が目を覚まさないのを心配して、としか思えない様子でさ」

「みりっちゃ……」

「るーた、るーた……」

ぐすぐすと鼻を啜って。涙を擦りつけて。

やがてミリッツァは顔を上げた。

へら、と。涙まみれで、真っ赤な鼻で、それでも嬉しそうな笑い顔。

「るーた……」

「みりっちゃ！」

端から見たら馬鹿みたいな、赤ん坊同士のじゃれ合いだろうけど。

抑えきれない衝動に駆られて、僕は妹を全力で抱きしめていた。

笑いたければ、笑え。

この子は、あの死地で僕が何としても護ろうとした大切な宝なのだ。

同時に、あの陰惨な地獄から共に逃れてきた、同志なのだ。

「だいじょぶ、みりっちゃ」

改めて、その頭を撫でてやる。

へら、と笑い。涙を擦りつけ。何度も何度も妹は、僕の顔を見直してきた。

もう一度、その身体をぎゅっと抱きしめる。

「うれしなき……」

「ん、どうした？」

「みりっちゃ、うれしなき、はじめて」

「そうか、嬉し泣きを見せるのは、初めてだったか」

今まで、泣いた直後に笑ったことはあっても、笑いながら泣いていたことはなかったと思う。

ミリッツァの感情が豊かになってきた証拠かもしれない。

一騒動を収めて、兄妹(きょうだい)三人ともベッドの上に起き上がっていた。

すぐ脇の床に寝ていたザムも、嬉しそうに顔を上げている。

そこへ、扉にノックの音がした。

「お早うございまーす」

最大限に声をひそめて、忍び足でベティーナが入ってくる。

しかしベッドの上を見て、その目が丸くなった。

「ルート様！」

少し前の忍びようを忘れたように声を上げ、ばたばたと駆け寄ってくる。

「ルート様、よかったーー」

そのままこちらに抱きついてくるかに見えたが。

部屋の中央でその足が止まった。

そして、いきなり両膝をつき、大きく頭を下げていた。

「ルート様、申し訳ございませんでした！」

「へ？」

ほとんど土下座になって、その場を動かない。

困惑極(きわ)まって、僕は兄を振り返った。

その兄は、大きく溜息(ためいき)をついていた。

「ベティーナ、昨日の件はお前のせいじゃない。そう言っただろう」

「でも、でも……」

「みんなそれぞれ油断があって責任を感じるべきだが、お前はその中でもいちばん責任はない。むしろ被害者だ。俺が二人を抱いて下がっていろと命じて、お前はそれに従っただけだろうが」

「でも……わたしがお二人を守れれば、あんなことにはならなかったです」

「お前に守りは求めない。二人と一緒に危険にさらした、他の者の責任だ。後悔するのはいいが、もう終わりにしろ。昨夜みんなで父上に謝罪しただろう。それ以上お前がそんなだと、護衛の二人など首をくくりたくなってしまうぞ」

「……はい」

べったり伏せていた顔が、ようやく上がる。

そこへ、ザムを踏み台にして降りていた僕は、ひょこひょこ近づいた。

そのまま届く高さの頭を、さわさわと撫でてやる。

「べてぃな、いいこいいこ」

「ルート様……」

「べてぃなはいいこ」

「うわーん——ルート様！」

いきなり、力一杯抱きしめられた。

その勢いで息が止まり、死にそうな思いをしたのは、秘密だ。

そうしていると、背中からべたりとへばりつくものがあった。兄が抱き下ろしたらしい、ミリッツァだ。

そのまま横に並んでくる、その感触に気がつくと、ベティーナは改めて二人一緒に腕の中に収めた。

「ルート様、ミリッツァ様、ほんとご無事でよかったですう」

「べてぃ、いいこ」

僕の真似をして、ミリッツァもその頭を撫でる。

ますます感激して、ベティーナはしばらくそのまま泣き続けていた。

さっきのミリッツァよりもさらに感情豊かに、涙と笑いを混ぜて。

この笑い顔に、また会えた。それだけで、あの死にそうな目から脱出してきてよかった、と思ってしまう。

ややあって、兄が声をかけてきた。

「二人の着替えを頼む、ベティーナ」

「……はいい」

のろのろと立ち上がり、ぐすぐすしゃくり上げながら、何とかベティーナは務めを果たしてくれた。

今も兄が言っていたけれど。

昨日の件、全員で父に謝罪して、一応叱責で済んだ、らしい。

責任を言えば確かに、ミリッツァ以外の全員だ。

護衛二人は護衛対象から離れることがあり得ない。

兄とヘルフリートはそれぞれに全体を統括する務めがあったはずで、護衛が離れるのを見過ごすことが許されない。

昨日は、あの事態と農民たちの芝居が自然すぎて、思わずそれに応じた行動をとってしまったのだ。

ちなみに僕も、後悔というか自責の念はある。何故あのとき、不自然さに気がつかなかったのか。あの商人を装った賊たち、あそこにただ立っているのはおかしいのだ。彼らは単騎に乗っていて、荷車の脇を抜けて通り過ぎることができるのだから。

よほどはた迷惑な野次馬か、別の目的があるのでなければ、手伝いもせずにあの場に立っている理由はないのだ。

そんなことを考えている僕を着替えさせ、ベティーナはミリッツァのおむつ替えに移っていた。作業をしながら、その口からぽつりと声が漏れた。

「ウォルフ様……」

「何だ、どうした」

「わたし、強くなりたいです。少しでも、ルート様とミリッツァ様を守れるように」

「そんな必要はない、と言いたいところだけどな。それで気が済むなら訓練に付き合うぞ」

「ありがとうございます」

僕たちの支度を終わらせると、「ルート様が起きたと、旦那様にお知らせします」と、ベティーナは駆け出していった。

イズベルガに見られたら大目玉を食いそうな、ドタバタぶりだ。

笑って、兄は大きく溜息をついた。

僕は床にしゃがんで、ザムの首に手を回す。

「ざむ、きのう、ありがと」

わしわしと首を撫で、頰に頰を寄せ。

「ざむ、だいすき」

全身で抱きついてやっていると、隣に物真似娘が寄ってきた。

「ざむ、ざむ、だーすき」

白銀の背中にのしかかり、わしゃわしゃ毛皮を撫で回す。

乱暴な仕打ちだけど、ザムの尻尾（しっぽ）が大きく振られているのを見ると、大丈夫なのだろうと思う。

ひとしきりそうして戯れていると、兄が寄ってきて僕は抱き上げられた。

改めてミリッツァと二人、ザムの背中に落ち着けられる。

「行くぞ。父上が待ちかねている」

「ん」

王都の男爵邸も領地のものと似た作りのようだ。部屋を出ると絨毯（じゅうたん）の敷かれた廊下で、その先に下り階段が見えている。

降りた景色は、領地の屋敷よりわずかに狭いかという印象だ。

ソファの置かれた大きな部屋に入ると、慌ただしく父が立ってきた。

4 赤ん坊、父に抱かれる

「ルートルフ！」

「お早うございます父上、はい」

兄に抱き上げられ、駆け寄る父の両手に手渡される。

たちまちぎゅうと抱かれ、ちくちくした頰が擦り寄せられる。

「よかった、無事目覚めたか、ルートルフ」

「ちーうえ」

苦しい抱擁から何とか手を伸ばして、無精髭の頰に触れる。

僕の声を聞いて、父の目が丸くなった。

「そうか、父が分かるか。賢いな、ルートルフは」

――兄上の口真似をしただけですよお。

もちろんそんな思いは届かず、何度も苦しいほどに抱きしめられた。

やがて、ザムの背から上着の裾に手を伸ばすミリッツァにも気がついて、父は片手に抱き上げた。

赤ん坊二人を両手に揺する。きゃあきゃあと、ミリッツァが笑い声を上げる。

そんな戯れに満足すると、父は僕らを抱いたままソファに沈んだ。

「ルートルフはよく眠っていたか、ウォルフ？」

「はい、夜中に一度目を覚ましましたが、頭を撫でてやっているとすぐにまた眠りました。ただときどき、怖い夢を見ているようにうなされている感じがありました」

「そうか。昨日はよほど怖い思いをしたのだろうな」

「だと思います」

見回すと、入口近くにテティスとウィクトルが神妙に強ばった面持ちで立っている。戸口の逆隣に立つ二人の護衛は、先日父が領地に来たとき連れていた人たちだと思う。

ヘルフリートの姿はなく、父の後方に控える見たことのない中年男性は、王都での執事なのだろう。

ベティーナと並んで立っている年輩の女性も、こちらの侍女らしい。

あと料理人くらいはいるのだろうが、何となくこれで使用人はすべて、という気がする。

兄といくつかやりとりをして、父は侍女を振り返った。

「ヒルデ、朝食はできていると言ったな？」

「はい、赤ちゃんのお食事も用意できたということでございます」

「よしウォルフ、まずは食事だ」

「はい」

「ああクラウス、ルートルフは元気に目覚めたと、領地に連絡を送ってくれ」

「かしこまりました」

命じられて、執事が頭を下げる。

父が腰を上げる間に抱擁が緩んだのを利用して、僕はひょいと床に降りた。

そのままのたのたと、歩く。入口に向けて。

意表を突かれて、居合わせた一同の注目が集まるのが、分かる。

目的地まで、ほとんど僕の歩行限界十五歩程度、だった。

最後は前のめりに倒れそうになって、向かった先のテティスが慌ててしゃがんで支えてくれた。

頭――は届かないので、高さ限界の肩に手を伸ばして、撫でる。

「ててす、ててす」

「ルートルフ様？」

「ててす、いいこ」

「え――」

固まってしまった護衛の肩をさらに撫で、それから隣にも手を伸ばす。

「いくとる」と呼びかけると、大男は動転の顔で腰を屈めてきた。

その肩を、同じく撫でつける。

「いくとる、いいこ」

「ルートルフ様……」

両手で二人の肩を撫でていると、後ろから兄が口を添えてくれた。

「いつも一緒の者が元気でいないと、ルートは嫌らしいぞ」

「く……」

「それは……」

大股で寄ってきた父が、ひょいと僕を抱き上げた。

ついでに、護衛二人の肩をぽんぽんと叩く。

「失敗は今後の糧とせよ。今はそのように顔を強ばらせていては、いざというときの役に立たぬぞ」

「は」

「かしこまりました」


食卓で、父を挟んで兄と向かい合わせの席に、僕用の高い椅子が用意されていた。

朝食をとる父や兄とともに、僕も離乳食を匙で食べる。

隣では、ミリッツァがベティーナに食べさせてもらっている。

「ルートルフは、一人で食べることができるようになっているのだな」

「ええ。ときどき零すので、ベティーナが隣にいないと駄目なのですが」

「それにしても、たいした成長だ。日々見ることができぬのが、本当に悔しいな」

「父上は、今日はお勤めはよろしいのですか」

「ああ。この祭りの準備にしばらく休みなく働いていたのでな。今日と明日は休みにしている。明日は夜が舞踏会だから、休みとも言えぬが」

「そんなに休みなく働いて、お体は大丈夫なのですか」

「さすがに限界近かったが、お前たちの顔を見たら元気が回復した――と言うつもりだったのだがな。昨日の騒ぎで寿命が縮んだぞ」

「申し訳ありません」

「いや、それはもういいが。しかし今回の詳細が見えぬうちは、安心してもいられぬ。せっかくお前たちを呼んだが、祭り見物に外を歩くのも考えものだ」

「そうですね」

「舞踏会はウォルフが参加と届けてあるので出ないわけにいかぬが、赤ん坊二人は当分この屋敷から出さない方がいいだろうな」

「はい」

「とりあえずは、ヘルフリートが警備隊にその後の捜査経過を訊きに行っているから、その報告次第だな」


そのヘルフリートは、昼過ぎに戻ってきた。

父と兄に報告する内容に、僕も部屋の隅でミリッツァと遊びながら耳を傾ける。

それによると。

死体の一つがデスティンであることは、王都の知り合いに検分させてほぼ確定した。

もう一人については、持ち物などからダンスクの貴族階級の使用人ではないかと推測されるが、それ以上は判明していない。

他に協力者などがいないかについても、不明。

例の木造の小屋は、何らかの盗賊のような者の避難場所ではないかと推測される。地下室の袋の中から、盗品の残骸ではないかと思われる様々な品が見つかったそうだ。

ただこれも、死んだ二人がその盗賊の一員なのか、たまたま見つけた小屋を無断使用していたのか分からない。

「要するにまだ分からないことばかりなのですが、少しだけ気になるものが見つかりました。その地下室の袋の中に、乾燥した植物が入っているものがかなりの量あったそうで。それが、火をつけたものから出る煙を吸うと、幻覚を見せる効果を持つらしい、と」

「幻覚？　要は麻薬の類いか」

「そうなんでしょうね。それで警備隊の方では、もしかするとそれがその二人の死因に関係するのではないか、と考えているようです」

「地下でその煙を吸ったというのか」

「そういうものを燃やしたなどの形跡は、まるでないらしいのですけれどね。燃やした後で痕跡を消したか、もしかすると袋の中からそんな成分が揮発して出ていたのを吸い込んで死に至ったかとか、そのような想像のようです」

「そんなことがあったのなら、ルートルフやミリッツァも巻き添えを食ったかもしれないではないか」

「たまたまそういう成分が部屋の上の方から溜（た）まってくる性質で、助かったのかもしれませんね」

「うーむ……」

見つからない死因を何とかでも特定しようとする警備隊の苦労が偲（しの）ばれて、申し訳ない限りに思える。

とにかくも、二人揃（そろ）っての心臓麻痺（まひ）でも、不思議な麻薬の効果でも、何とか収まりをつけてもらえれば、幸いと思う。

「それにしても、他に協力者がいないかどうかや、ダンスクの者が何処まで関係しているかといったところがまったく分からないので、安心できない状況です。やはりまだこちらは狙われているものと考えて、警戒を続けるべきと思います」

「そうだな」

「かのデスティンが個人的な恨みで、たまたま一人協力者を得て犯行に及んだ、ということも考えられなくはないのですが。もし一度ダンスクに逃亡したのが事実なら、戻ってくるのが早すぎる気がします。王都警備隊に目をつけられているのですから、せっかく国外逃亡に成功したのならしばらく隠れていようというのが人情でしょう」

「だろうな。そうすると、そのままダンスクでのんびりとしていられない理由があって、うちの子を狙いに来たことになるのか」

「ダンスクというのがどうも引っかかりますよね。リゲティのギンコムギの輸出が減っている原因がこちらで開発した天然酵母だということは、情報が出回っているようです。それに、我が領からセサミの出荷がされていることも、そろそろ知られていて不思議はありません。あちらにはっきりした損害は与えていないはずですが、関係者としたら面白くないでしょう。それにさらに、最近になって砂糖の製造が始まったことに気づいたとしたら、これはもう面白くないの騒ぎではないでしょう」

「ダンスクの国家や、そういう輸出で利を得ている貴族などに、恨みを買っていても不思議はないか」

「はい。さすがに国家単位とは思いたくありませんが、そんなダンスク側にデスティンが受け入れてもらうための条件がこのベルシュマン男爵家を潰すことだとしたら、こんなに早く戻ってきたのも納得がいきますね」

「うーむ」

腕組みをして考え込み、父は何度か首を頷かせた。

「とにかくまあ、こちらとしてすべきことは、最大限用心をしておくしかないな。護衛四人に気を張ってもらおう」

「はい」


元の予定でこの日は祭り前日の王都見物に出ることにしていたのだけど、用心して屋敷を出ないことにした。

その代わりに。僕は父に、ミリッツァは兄に抱かれて、屋敷の屋根の上に連れていかれた。二階の奥の部屋にあるバルコニーから梯子を使うと、瓦葺き切妻屋根の頂点に上がれるのだ。

「わあ、見晴らしがいいんですねえ」

ここは兄も初めてらしく、感嘆の声を上げている。

周りがすべてこちらと同じ二階建てか平屋なので、どちら向きも遮るものがなく、王都の街並みを見渡せる。僕にとっては生まれて初めて見る、何処までも家建物が続く風景だ。

建物の多さも感動ものだけど、通りも含めて土の色が少ないのが不思議に見える。主な通りにはすべて、白っぽい石の板を敷き詰めてあるらしい。

見回してすぐ目につくのは、思いがけないほど近くにそびえ立つ王宮だ。

王都の中でここだけ三階建てだという白壁に様々な意匠が凝らされた外観は、遥か遠くからでも人々の目を引きつけるらしい。

建物だけでも大きいが当然庭も広く、こちらから見た裏手には小さな森一つが敷地に含まれているという。その全容がぐるりと高い塀で囲まれている。

ほとんど手が届きそうな近さに見えるが、この屋敷からは歩いて半刻ほどの距離だそうだ。父は毎日その中にある執務室に通っているという。

その他の王都内の建物も、ほとんど例外なく王宮に合わせたような白壁と赤茶の瓦屋根だ。

ここから王宮までの間の家屋はすべて貴族の屋敷だが、建物の広さはあってもほとんど庭はそれほどでもない。皆領地に本宅を持つ貴族の別宅扱いだし、王都内で無駄な土地を占有しないようにという告達があるらしい。

その中でかなりの広さの平地が見えているのは、明日からの祭りの舞台となる王宮前広場だ。中央にそこそこの大きさの池があり、場所によって土と草の色が入れ替わる土地に、今は屋台の準備らしい人の動きが見えている。

少しばかりではあるけれど、王都の街と祭り前の雰囲気を味わうことができた。

ちなみにこの間、四人の護衛は梯子の下と屋根が下る方向のバルコニーに控えて、主人たちが滑り落ちないかとはらはら見守っていたようだ。

その後日が暮れるまで、僕らは父の目が届く居間で時間を潰していた。

兄はあれこれと、父との相互報告。僕はミリッツァと床に座って、布紐の引っ張りっこ。

ベティーナは厨房で、夕食の支度を手伝っているようだ。

そろそろ夕食かと思われる頃、侍女のヒルデが足速に入ってきた。

「旦那様、奥様がお着きです」

「何、イレーネが？」

「母上が？」

父と兄が顔を見合わせている。

一同が立ち上がる暇もなく、戸口から水色の外套姿が駆け込んできた。

他に目をくれる素振りもなく、見る見る近づき。

あっという間に僕は、柔らかな胸元に抱きすくめられていた。

「ああよかった、ルートルフ、無事でよかった」

「かあちゃ……？」

息が詰まるほどに抱きしめられ。ようやくの一息に至高の懐かしい香りで胸を充たされ。

我ながら気恥ずかしいほどに目と鼻の奥が煮え滾って、僕は必死にその胸に縋りついていた。

「かあちゃ、かあちゃ――」

「よかった、よかった、ルートルフ」

ぎゅうぎゅう締めつけられ、押しつけられた頬に熱い雫が伝い落ちてくる。

僕の目からも同じ雫が、密着した外套に染み込んでいく。

そうしてひとしきり、抱きつき、抱きしめられ。

少し頭が落ち着き、気がつくと。すぐ隣に「きゃうきゃう」という喜声が生まれていた。

ぱたぱた手足を振り、身をよじらせるミリッツァが、僕と密着して母の抱擁の中に収まっているのだ。

つい今しがたまで僕と床の上で取っ組み合いをしていたので、引き離す余裕もなく母は一緒にまとめて抱き寄せたものか。

とにかくもミリッツァはこの状況が楽しいらしく、ご機嫌に身をよじっているのだ。

顔を上げると、父の横にヘンリックとイズベルガが立っている。当然母が一人で来るはずもなく、付き添ってきたのだろう。

ヘンリックが説明しているところでは、昨日夕方僕の受難の報せを受けるや、三人で出立してきたらしい。

馬車ではふつう一日以上かかるし、そもそもその車体がこちらで使われていて領地には残っていなかったわけだが、急遽馬をかき集めてそれぞれ乗馬してきたという。

そんな印象はまるでなかったが、母も貴族の嗜みとして乗馬技術は身につけていたようだ。

夜中じゅう駆け続け、途中の町で馬の交換と短い休憩をとっただけで、王都まで直行してきたという。まったく、日頃の母の様子からは想像もつかない強行軍だ。

なおヘンリックはここまで母を送り届けるだけが目的なので、明日には領地へ戻るという。

最初の興奮をようやく収めて、母はソファに落ち着いた。僕を膝に乗せ、脇からミリッツァがへばりついてくるのをそのままに。

そうしてようやく父と挨拶を交わし、兄とヘルフリートから一連の顚末(てんまつ)を聞く。

実行犯二名が原因不明の死亡と聞いて、傍(かたわ)らのイズベルガと冷たい視線を見交わしている。

「天罰ですね」

「ルートルフ様を拐(かどわ)かすなど、万死に値します」

二人の氷のような言い交わしに、父や兄も口を挟めないでいるようだ。

それでも父は、肝腎な点だけは伝えている。

「その二人は死体で見つかったが、裏にどんな者がついていたかいないか、今のところまったく不明だ。ルートルフとミリッツァは、当分外に出さないことにする」

「分かりました。ことが落ち着くまで、ルートルフはわたしの傍(そば)から離さないようにします」

「そうしてくれ。テティスとウィクトルを必ず身近に置くようにな」

「はい」

というわけで、嬉(うれ)しいことに僕は、今までになく母の温(ぬく)もりを感じられる環境に置かれることになった。

成り行きというか、母が傍に寄せないと宣言したミリッツァも基本的に一緒だ。僕を膝に乗せるときも二人まとめてということにはならないが、脇からミリッツァがまとわりつくのは容認している。

この事態に、母もかなり妥協するに至ったということか。

「ウォルフも外出を控えることにして、明日の舞踏会の参加だけにする。さすがに王宮で暴漢に襲われることはないだろう。むしろ私とウォルフの留守中、この屋敷の警備を配慮したいと思う」

「分かりました」

護衛四人のうち、王宮には一人だけを連れていく。残り三人で屋敷の警護をしっかり固めよう、という話になっている。


その夜、僕は両親に挟まれたベッドで寝ることになった。

母の左脇に僕、その後ろにミリッツァ、その向こうに父、という順に並んで横になる。

基本的に貴族の子どもは一人部屋で就寝するのが習いだが、今夜だけは母が僕を離したくないという特別処置だ。

背中に貼りつくミリッツァはたちまち満足そうな寝息を立て始め、いつもにもました温かみに僕もとろとろと眠りに落ちていく。

それを妨げない優しさで母の手が髪を撫で、次いで背中に密着する頭も探っている。

「話には聞いていたが、ミリッツァのルートルフへの懐きぶりは驚くばかりだな」

「ええ。あちらの家に馴染(なじ)むまで苦労するかと思いましたが、ルートルフのお陰で本当に助かっているのですよ」

「本当に、よかった」

「はい」

背中から戻ってきた掌(てのひら)に、もう一度髪を撫でられ。

そんな父と母の囁(ささや)き交わしも、徐々に意識の裏に溶けていった。

母の香りに包まれて、前夜のような悪夢に襲われることもなく。

朝の目覚めも、爽やかなものだった。

肩口に染み広がる湿りも、鼻先の温かな柔らかみも、それぞれ心地よく、僕はしばらく幸福な夢うつつに揺蕩(たゆた)っていた。

そうしているうち、扉に静かなノックがあった。

「お早うございまあす」

声をひそめて入ってくるベティーナに、母も「お早う」と笑いかける。

背後のミリッツァも父も、まだ静かな寝息を立てているようだ。

そんな父を起こさないように、母は静かに僕とミリッツァを順に抱き上げてベティーナに渡す。

「二人をお願いね」

「かしこまりましたあ」

足音も立てないように寝室を辞して、ベティーナは僕の部屋に移動する。

そこでミリッツァのおむつを替え、二人の身だしなみを整えるのだ。

支度が終わって抱き上げられたところで、僕はぱふぱふとベティーナの腕を叩いた。

「にいちゃ、にいちゃ」

「何ですかあ、ウォルフ様に朝のご挨拶ですか？」

「ん、にいちゃ」

「分かりましたあ」

両手に二人の赤ん坊を抱いて、ベティーナは隣のドアをノックした。

「お早うございます。ウォルフ様お目覚めですかあ」

「おう、お早う」

目覚めたばかりらしく、兄はベッドに身を起こした格好だ。

ベッド脇の床から、ザムも嬉しそうに首をもたげる。

そちらに向けて、僕は両手を伸ばした。

「にいちゃ、にいちゃ」

「ん？　ルート、こっち来るか？」

こちらの意を汲んで、兄は僕をベッドの上に抱き下ろしてくれる。

ご機嫌にシーツをぱたぱた叩いていると、兄は苦笑の顔をベティーナに向けた。

「こいつは俺が連れていくから、先に降りていてくれ」

「分かりましたあ」

笑って、ベティーナはミリッツァを抱いて出ていく。

ばいばい、と手を振ってやると、にこにことミリッツァも手を振り返してきた。

最近はこの程度、短時間離れても泣かないようになっているのだ。

「で、何か緊急の相談事か？」

「ん」

二人が出て扉が閉まると、兄は着替えをしながら尋ねてきた。

当然いつもの習慣で、僕の行動の意図に気づいてくれているのだ。

僕が自分の決意を告げると、シャツのボタンをはめる手が止まり、兄は目を大きく瞠っていた。

「本気か？　よく考えてのことか？」

「ん。ひつよう、おもう」

「そうか……」

しばらく、着替えを続けながら考え込み。

そうしてから、兄は一つ大きく頷いた。

「分かった。朝食後、父上と母上に話をしよう」

「ん。おねがい」


ザムに乗って兄とともに階下に降りると、父と母はもう食卓に着いていた。

上座の父を挟んで、母と向かい合う席に兄は座る。

ふつうならその隣なのだが、今日は母のすぐ傍に僕の席が用意された。『わたしの傍から離さない』という母の意思表明らしく、何だか嬉しい。

離乳食を自分の匙ですくって、口に運ぶ。零して母に拭いてもらう誘惑にも駆られたけど、今日は極力慎重に、自分でできると示すことにする。

それでも少しは口の端から顎に伝い落ちてしまい、嬉しそうに母がナプキンで拭ってくれた。

父と兄も、笑って見てくれている。

「ウォルフは今日の舞踏会の準備、抜かりないか」

「はい、父上」

「準備といっても、服装と最低限の礼儀をわきまえていれば問題ないがな。今年の成人前の参加はただの見学のようなもので、王族への挨拶もない。気を楽にして、見るものを楽しんでいればよい」

「それでも緊張するし、あの舞踏場の広さと煌(きら)びやかさには圧倒されるでしょうねえ。わたしも初めてのときには固くなって、ほとんど動けなくなっていました」

「母上もそうだったのですか」

「ええ。身体が丈夫でなかったのでそのような行事にはほとんど出ていなくて、十三歳のときが初めてだったのですけれどね。もう姉が王宮入りしていて、三歳になった王太子殿下の初お目見えの予定だったので、妹として出ないわけにはいかなかったのです」

「そうだったのですね」

「とにかく初めてのときは緊張して当たり前、少しでも周りと親睦を深められれば十分ですよ」

「初めてはそんなものですか。あとは二度目三度目と慣れていく、と。回を重ねれば慣れていくものなのでしょうね」

「でしょうね。わたしはそこまで経験がないのですけど」

「そうなのですか？」

「恥ずかしながら、後にも先にも公の行事の参加はその一度きりなのです」

「ああ……」

考えてみると。兄の出産が母の十五歳のときなのだから、父の領地にやってきたのは十四になるかならずかということになるのだろう。

その後ほとんど領地を離れていないらしいし、実家のエルツベルガー侯爵家の人と会わないようにしてきたということだから、行事参加がそれきりだというのも大げさでなく事実と思われる。

「できれば私も目立たないようにしていたいのですが」と兄は苦笑いのような顔になって、父の後ろに控えていたヘルフリートの顔をちらと見た。

苦い顔で、青年は口の端を持ち上げる。

「無理でしょうな。数々の新機軸を打ち出したベルシュマン男爵のご長男は、今年の舞踏会で噂の筆頭です。繋がりを求めて近づいてくる貴族は、後を絶たないと思われます」

「やっぱり……」

長男に恨めしげな目を向けられて、父はそっと視線を斜め上に逸らした。

手にしたカトラリーを一度置き、こほんと空咳。

「有象無象の相手をする必要はないぞ。その辺は父が前に立つ。今回はベルネット公爵がぜひウォルフと話をしたいということだったのでな、最低限そちらは対応してもらいたい」

「分かりました、父上」

「ああ、あと、ロルツィング侯爵とも直接面識はなかったな。こちらとも挨拶はしておいた方がいい」

「はい」

「裏の詳細が分からないので、ルートルフの誘拐事件はまだ公にしていない。そういった見舞いのような声かけはないと思う。とにかく何処に敵がいるかも分からぬから、それ以上ウォルフは表に立たせない。基本的には、同年代の知り合いと話していればいいだろう」

「分かりました」

ベルネット公爵とロルツィング侯爵は、最近の一連の産業改革で協力している相手だ。

それでなくてもロルツィング侯爵領は我が領と隣接していて、何処へ行くにも通過しなければならない土地だし、いろいろ世話にもなっている。ここと友好関係を持っていなければベルシュマン男爵領は存続できないだろうほど、重要な相手と言える。

十分承知しているはずの兄は、神妙に頷いている。

5 赤ん坊、打ち明ける

朝食後、居間に移動して、兄は両親に声をかけた。

「父上母上、お話ししたいことがあります」

「何だ？」

父と母が並んでそれぞれ一人がけソファに座る、それとテーブルを挟んだ向かいに、兄は僕を膝に乗せて腰を下ろした。

いろいろ本日の打ち合わせをする前なので、部屋には料理人を除く使用人全員が揃っている。間もなく領地へ帰還するヘンリックも、父の後方でクラウスとヘルフリートと並んでいる。イズベルガとヒルデ、ミリッツァを抱いたベティーナは母の斜め後ろ、四人の護衛はいつものように戸口の両脇に立つ。

一同が揃う中で話をしようというのは、兄と僕で相談しての上だ。

「何の話ですか、ウォルフ？」

「はい。ルートルフのことなのですが」

母の問いを受けて、兄は両親の顔を順に見た。

二人とも、話の先にまったく見当のつかない表情だ。

「今まで黙っていて申し訳ありませんが、ルートルフはふつうの赤ん坊ではありません」

「何だ？」

「今こうしていても我々の言葉を完全に理解していますし、話すこともできます。思考力や判断力はどうかすると私以上、大人に匹敵する状態だと思われます」

「何だと？」

目を丸くして。父の視線が、兄の顔から僕へと降りる。

母の方は、きょとんと硬直したような様子だ。

そちらへ向けて、僕は軽く頭を下げた。

「ちーうえ、はーうえ……」

「な……」

「あにうえ、の、いうとおり、れす」

こんな深刻な状況での発言なのに、やはり口がうまく回らない。

それでも、そんな舌足らずの発音を笑う者は、一人もいなかった。息を呑（の）むように、誰もが無言のままだ。

みんなの理解を待つように少しの間を置いて、兄は続ける。

「それだけではありません。これまで半年あまり、私が思いついたと言って持ち出してきた様々のことは、ほぼすべてルートルフから出たことです」

「何だと？」

「説明が少し難しいのですが、ルートルフの頭の中に、たとえて言えばこの世界より進んだ世界の図鑑のようなものがある、というのが近いのでしょうか。たとえばキマメの利用の方法はないかと探してみれば、もしかして近いのではないかというある豆の知識が出てくるらしいのです」

「何と……」

唸りながら、父の視線は僕に向けられ続けている。

まるで、見知らぬ生物を見るように。——まあ、当然の反応だ。

「この辺、すぐに信じろと言っても難しいとは思いますが。ただここでまず受け止めていただきたいのは、ルートルフが言葉を理解しているということです。今まではなかなか周囲に理解してもらえないだろうし、気味悪がられたりするのが怖いという本人の希望で秘密にしてきたのですが。どうしても父上に伝えたい情報があるのです。一昨日攫われたとき、ルートは賊の会話を聞いたというのです」

「何だ？」

「ぼくを、おとうとだからひとじちにする、いってた。がきをおびきだす、って」

「何？」父は、大きく目を瞠った。「つまり、奴らの本当の狙いはウォルフだったということか？」

「ん」

掌で口元を覆って、父は真剣に考える顔になっていた。

とりあえず今、どうしても伝えたかったのはこの一点だ。この事実だけは、僕が言葉を理解しているという前提でないと伝えることができない。

それを納得した上で、一同がこの発言の意味を考えているようだ。

「いや、可能性だけは考えていたが、それが事実だったということだな。ルートルフを人質にして、

ウォルフを誘き出す——目的は、ウォルフの命か、身柄を拘束することか。いずれにしても、相手の目的はウォルフがもたらしたことになっている数々の新知識。命を奪って我が領、ひいてはグートハイル王国の発展を阻害するか、自分たちの領地へ連れ去ってそれを独占するつもりか」

「そんなところではないかと思います」

「それが事実なら、ウォルフの警備を固める必要がある。本当にダンスクが絡んでいるなら、まだ諦めない公算が高い。国内の貴族の中にも、ダンスクと秘かに通じている者がいる可能性は否定できない。王都内で誘拐は難しくても、命を狙うならいくらでも方法はある。舞踏会に向かう往復はもちろん、王宮内でさえ安心と思い込むことはできぬな」

父が振り返ると、ヘルフリートが大きく頷いている。

「はい。会場内で、飲食は自由にとる形式ですから毒物の心配はほぼないと思われますが、庭から矢を射かけるなどはまったくあり得ないとも限りません。せめて護衛は二人にして、ウォルフ様のすぐ傍と周辺の両方に目を光らせるべきかと」

「だな」

「それと父上、忘れてならないのは、私の命が狙われているのが事実なら、もしルートルフの実態が相手に知られたら同じように狙われるということです。今までのように人質目的で何処か隠れ家に連れ込むという手間はとらず、すぐ命を奪うか何処かへ連れ去るかという危険が考えられます」

「そうだな。ルートルフの護衛も考え直す。しかしこちらは、この屋敷から出ないようにすればまず心配はない。問題は、領地へ帰る途上だな。それよりもまず、今最優先に考えねばならぬのは、ウォルフの舞踏会の警備だ」

「はい」

「ウォルフの今日の護衛は、二人に増やす。それから、ウォルフたちが王都に滞在する期間、屋敷の警備を増員しよう。ロルツィング侯爵が雇用した経験のある、信用のおける傭兵を紹介してもらえるはずだ。ヘルフリート、すぐに当たってくれ」

「かしこまりました」

ヘルフリートの深い首肯を確認し、それから父は室内の顔ぶれを見回した。

皆一様に、真剣にこの事態を頭に刻み込む面持ちだ。

「ここにいるのは、皆私が心底信用できる面々だ。分かっているとは思うが、今ここで話されていることは絶対他言無用。ことは我が息子たちの命に関わることだ。くれぐれも胸に刻んで、協力を頼む」

「は」

「かしこまりました」

緊張の顔で、口々に応えがあった。

未だ反応がないのは、ただ一人。

その母は、黙ったまま兄に向けて両手を差し出してきた。

察して、兄は僕を抱き上げ、その手に渡す。

やや震える手で、僕は柔らかな胸元に抱き寄せられる。

「ああ……ルートルフ」

「は……はーうえ？」

「まちがいない……小ちゃなルートルフですね」

「は」

「小ちゃなルートルフが、ウォルフと一緒に母や領民のために考えてくれたのですね？」

「……ん」

「少しも気づかず、ウォルフばかり褒めていました。ごめんなさいね。ルートルフも偉かったのですね。よくやってくれました。偉いです、ルートルフ。二人とも、わたしの自慢の息子です」

「はーうえ……」

応えかけた声は、思い切り抱きしめられた胸元に消えてしまった。

それまで堪えていたものが、堰を切ったように。ぎゅうぎゅうと抱きしめられ、全身が温かく包まれていくのだ。

そのまま抑えきれない様子で、母は居並ぶ面々を見回している。

「ね、ね、うちの息子たちは、二人とも偉いですよね？」

「ああ、そうだね」

笑って、父は母の肩を撫でる。

使用人たちも一様に、表情を緩めて頷いている。

皆、思いがけない事態を受け止めきれずに顔を強ばらせていたのが、母の無邪気なまでの喜びようにすっかり毒気を抜かれてしまったとでもいうかのようだ。

見回す母の視線が最後に止まった小さな少女が、我慢できないと言わんばかりに笑顔を弾けさせた。

「はい、はい、ルート様偉いです！　すごいです！　ずっと前からお利口だと思っていましたけど、ますますすごい、驚きですう！　お仕えするのが誇らしいです」

「こらベティーナ、落ち着きなさい」

「でもでも、すごいじゃないですか、誇らしいじゃないですか。こんなお子様、何処にもいませんよ！　ルート様はきっと、国いちばんのお利口さんですう！」

「そうですよ、ルートルフはうちの自慢の息子です」

「初めてお母様を呼んだときから、こんなお利口な子は他にいないと思っていましたですう」

イズベルガの制止も聞かず、ベティーナはぎゅうとミリッツァを抱きしめ、興奮のまま母と喜び声を交わしている。

今にも手を取り合って、止めどなく自慢合戦を繰り広げそうなほどだ。

――何だかなあ……。

喜ばれることが困るというわけではないけれど。僕は当惑しきっていた。

僕が正体を明かしたら、まず最初に見られる反応は『気味が悪い』というものだと思っていた。

それなのに――少なくとも母とベティーナのそれが、あまりにも純粋に喜びと誇りに満ちているのが、想定外すぎたのだ。

――これがふつうの反応――というわけはないよなあ。

おそらく、この二人が異常すぎるのだ。この先も、これが標準と考えてはいけない、と思う。

それが証拠に、他の面々、父や兄も、イズベルガをはじめとする他の使用人たちも、二人の勢いに呆気（あっけ）にとられて温かく見守っているという様子だ。

「きゃうきゃう」

ベティーナの興奮が伝わってか、抱かれたミリッツァもご機嫌で手足をぱたぱたさせている。

その声に、ますます室内の緊張が緩んできている。

それでもまだ何度も抱きしめ直され、なかなかに僕の呼吸が困難になっていた。

ぱたぱたもごもごと、母の腕の中で身をよじる。

「はーうえ……」

「いけませんよ、ルートルフ」

「……は？」

何が、いけないのだろう。

きつい抱擁の中で、無駄な抵抗はやめよ、ということか。

「ルートルフはまだ赤ん坊なのです。無理して『母上』などという大人びた言い方をする必要はありません。まだ『母様』でよいのです」

「は」

「さあ、言ってご覧なさい」

「……かあ、ちゃ……」

「はい、それでいいのです」

「かあちゃ……」

確かに、口の回りとしてはこちらの方が楽なのだけど。

何となく、大人の話し方ができると宣言した後で、赤ちゃん言葉は気恥ずかしい。

何処となく火照った頬を柔らかな布地に寄せていると、頭の上に頬擦りの感触があった。

ひとしきり抱き揺すり、満足してか、母は脇方向へ笑いかける。

「ではベティーナ、これからもルートルフをお願いしますよ。外には知られないように、ルートルフを護らなくてはいけません」

「はい、奥様。いっそう気を引き締めてお仕えします」


そんな母の言葉をもって、この場は解散となった。

もうこの日、外では建国記念祭初日の喧噪が始まろうとしている。

父の仕事は休みだが、王宮前広場で行われる国王の開会挨拶の場には顔を出すつもりだという。

その場に息子たちを同行させるつもりだったが、身の安全のために取り止めにした。

ヘンリックは急ぎ領地に戻るため、出立していった。

ヘルフリートは父の指示のもと、この後の采配のため出かけていった。

他の面々は基本、屋敷の中に籠もることになる。

急がなければならないのは、夕方からの兄の舞踏会出席に向けての準備程度だ。

護衛一人を伴って父が出かけると、屋敷の中は日常に戻る。残った顔ぶれからすると、この王都のというより、領地の屋敷での日常に近い感覚だ。

ひとまずミリッツァの相手をすることにして一緒にザムの背に跨がって、僕はベティーナを手招いた。

「べてぃな」

「はいルート様、何でしょう」

「やしきのなか、みたい」

「ああはい、お屋敷探検ですかあ」

「ん」

「そう言えばルートは、着いた初日も昨日も、大人しくさせられてたものな。じゃあ俺も付き合おう」

気さくに、兄が立ち上がってきた。

邸内ではあるが念のため、ウィクトルが傍につく。不寝番をしていたテティスは休息時間だ。

ザムに乗った僕とミリッツァ、兄とベティーナ、護衛のウィクトル、という顔ぶれで妙に仰々しく、家の中を見て回る。

やはり家の間取りは領地のものと似ていて、一回り小さいという感じだ。

ここが客間、父の執務室、などと巡り、兄と感想を交わす。ベティーナもいつもの気さくさで、会話に加わってくる。

気がつくと、後ろに従うウィクトルが妙な顔になっていた。首を傾げて覗くと、苦笑が返ってきた。

「いえ、本当にルートルフ様、お兄様とはふつうに会話をされているんですね」

「ん」

「そうなんですよお。ルート様は本当にお利口ですう」

いや、それにしてもその会話にふつうに加わってくるベティーナが、やはりおかしいと思う。

初めて聞いて異常さに落ち着かないウィクトルの方が、ふつうの反応だろう。

「こちら、お台所は領地のものより広いんですよお」

ベティーナに案内された厨房は確かにそこそこの広さで、ローターという中年の料理人と助手らしい少年が立ち働いていた。

例によってちょくちょく手伝いに来ているというベティーナは、料理人と親しげに声を交わしている。

当然だが王都の屋敷では他の貴族などを歓待することもあるので、厨房も食堂もそれなりの規模が必要ということらしい。

領地が飢えかけていた時期はこちらもかなり節約を余儀なくされていたが、最近はようやく少しは貴族の端くれにふさわしい食生活になっているという。

妙な喧噪に興味を惹かれたのは、厨房に隣接する土間の方だった。覗くと、大きな籠というか檻のようなものに小さな動物が何匹も押し込められて蠢いている。

訊くと、食用の野ネズミだという。生きたままのものをまとめて仕入れて、必要な分を絞めて料理に回すらしい。

「昨日はわたしも絞めるのを手伝ったんですよお」

以前から野ウサギの処理を身につけているので、ベティーナにも容易にできる作業なのだという。

「逞しいな、お前」と、兄が感心している。

屋敷の裏手から正面側に戻ってくると、外の賑わいが大きく伝わってきた。

祭りの開会式が始まったらしい。

二階のバルコニーに上がると、式の様子は見通せないが、広場周辺の人だかりはかなり窺うことができた。

笛や太鼓を鳴らす音声が、風に乗って流れてくる。

「会場まで行けないのは残念だが、やはりいいもんだな、祭りの賑わいは」

「ん」

「こんな大勢集まるお祭りは初めて見るから、楽しみですぅ」

腕に抱いたミリッツァを揺すり上げて、ベティーナはその場で足踏みが止まらないほど落ち着かない様子になっている。

考えてみると、僕だって『祭り』に類するものを目にするのは初めてだ。

何となく感覚的に分かった気になってしまっているのは奇妙なものだが、まあ例の『記憶』のせいだろう。

楽器の音がひときわ高まり、止まり。

静寂の中に耳を澄ますと、遠くかすかに人の声がしているようだ。

「国王陛下の挨拶が始まったのかな」

「ん」

ややしばらく、そんなもどかしい静けさが続き。

やがてさらに静まった、直後、いきなり楽器音と大勢の歓声が弾け出した。

祭りが、始まったのだ。

建物の隙間に見える人々が、両手を天に突き上げてとりどりに動き回り出している。

こちらでも、ベティーナがますます大きくミリッツァを揺すってとび跳ね始める。

上下させられながら、きゃっきゃとミリッツァも上機嫌だ。


この日は一日中、遠くから音楽や人の歓声が聞こえ続けていた。

昼前の二刻ほど、兄とベティーナはウィクトルに見てもらいながら玄関ホールで剣の稽古をした。

兄はいつもの日課。ベティーナは昨日言っていた「強くなりたい」という希望のためだ。

「ベティーナの場合、襲撃に遭ってもへたに抵抗しない方が助かる可能性が高いと思うぞ」

「ルート様を攫われて助かっても、意味ないです。少しでも抵抗できれば、ウィクトルさんたちが駆けつけるのに間に合うかもしれないですよね」

ウィクトルの忠告に、ベティーナは頑として言い返す。

兄も話に加わって、とりあえず体力をつけてそれらしい格好に見える程度に練習しよう、ということになったようだ。

ミリッツァを乗せたザムに摑まって、僕はホールの隅で歩く練習をしながらその稽古を見守る。

木刀の素振りを続ける小さな侍女の姿は、素人目にも危なっかしいことこの上ないという印象しかない。


昼過ぎには、父が戻ってきた。

陽が傾き出した頃には、父と兄が舞踏会に向かう支度を始める。

着替えを手伝うベティーナとともに、僕は初めての兄の正装を鑑賞した。

「どうだ、ルート」

「ん。まるできぞくみたいにみえる」

「……いや、そりゃそうじゃなきゃ困るんだが」

「素敵ですよお、ウォルフ様。ご立派に見えますう」

「おう、ありがとう」

階下に降りると、父と護衛二人が準備を整えて待っていた。

どちらも二十代前半に見える二人の護衛騎士は、マティアスとハラルドという名だと、僕は初めて知った。

「では、行くぞ」

護衛を従えて、父と兄が出立する。

開場の王宮までは歩いてもそれほどの距離ではないが、馬車を仕立てて行くらしい。

御者はヘルフリートで、護衛たちは馬車の脇を歩くようだ。

それでなくとも祭り最中の通りは人が多く、馬車も徒歩以上の速度は出せないというのが現実なのだろう。

母とともにそれを見送って、僕はミリッツァとザムの背に乗って居間に戻る。

ヘルフリートが連れてきた傭兵二人が玄関ホールを警備し、テティスとウィクトルが居間の戸口に立っている。

そんな厳重に護られた室内で、僕はミリッツァとザムと遊んで過ごした。

陽が落ちても、外の音楽と賑わいは絶えない。

さすがに王宮の舞踏会の音は聞こえないが、一度二階の窓から見た宮殿は煌(きら)びやかな照明を湛(たた)えていた。

宮殿内も外の広場も、このまま夜遅くまで喧噪が続くらしい。

それでも夕食が終わる頃、父と兄は戻ってきた。

舞踏会そのものはまだ続くが、成人前の兄が解放される頃合いに合わせて父も抜け出すことができたという。

兄は無事、最低限予定されていた貴族たちとの顔合わせを果たすことはできたらしい。

とりあえず簡単に母に報告をして、着替えのために二階に上がる。

身支度を手伝うベティーナに、ザムに乗った僕とミリッツァもついていった。

「とにかく緊張して疲れたよ」

「大変でしたねえ。王族の方々にもお目にかかったんですかあ」

「遠くから見ただけだ。ほとんど顔の区別も分からなかったな」

正装の上着を脱がせてもらいながら、兄は苦笑する。

王や王妃、王太子の挨拶はあったが、そちらへ向けていちばん前が貴族当主と夫人、続いて成人した子息、という並びが決まっていて、成人前の兄たちは最後列なのだそうだ。しかもそれぞれの集団の中でさらに序列順の並びになっていて、最底辺近い男爵家の息子はほとんど壁際になっていたらしい。

「すぐ近くで成人前の娘たちが『王太子様素敵』とかざわめいていたが、素敵も何も顔立ちさえ見えなかったぞ。きっと明日何処かですれ違っても、分からないと思う」

「それは残念でしたあ」

「今から王太子の顔を覚えても、何の役にも立たないだろうけどな。挨拶に立たず後ろに座っていた成人前の王子や王女などなおさら、背格好さえ分からない」

「ああ確か、今の王太子様の上のご兄弟はすでに亡くなって、下は成人前の方ばかりということでしたねえ」

「らしいな」

「きぞくと、あいさつ、した？」

「ああ」

僕の問いには、大きく頷きを返す。

部屋着に着替え、深々と溜息をつきながら椅子に腰かけて。

「予定通り、ベルネット公爵とロルツィング侯爵とは父上に紹介されて顔合わせをした。野菜栽培技術とかの件で礼を言われて、これからもお互いよろしくって感じだな。それからすでに知っている相手としては、騎士団長のアドラー侯爵と挨拶した。それと、エルツベルガー侯爵は欠席ということだったが、代理のテオドール様と話すことができた。ニワトリのお礼と、元気に育っている報告をしておいたよ」

「ん」

「大人との面談はそれだけだな。あとは父上がブロックしてくれていたようだ。だから、残りの時間は同年代の知り合いと喋って飲み食いをしていた、という感じだ——と、思い出したら、ひどく喉が渇いてきたな。なかなか豪華で美味かったけど、王都の食い物はだいたい揃って塩味と辛みが強いからさ」

「しおにふじゆうしていないから、かな」

「かもな」

「そうですよねえ。わたしも、このお屋敷のお食事でさえちょっとしょっぱすぎると思いますから」

「他の貴族の食事は、うちの比じゃないらしいぞ。ああ、本当に喉渇いた。下で水をもらうか」

「ちょっとでよければ、今出しますか？」

「ああ悪い、助かる」

「お安いご用ですよお」

言って、ベティーナは少し離れた机に置かれた木のコップに向けて、手を伸ばした。

見た目、何の変化もないが。無造作に手を伸ばして、兄はそれを口に運ぶ。

確かに少量らしいが、水が喉に下ったようだ。

もちろん、ベティーナの加護の『水』だ。

ベッドの上でミリッツァに『おんま』をしながら、僕は思わず目を丸くしていた。

気がついたらしく、兄が声をかけてきた。

「どうした、ルート？　加護の『水』が珍しかったか」

「んん……」

首を振って、考えを巡らせる。今覚えた違和感は、何だったか。

とりあえず、尋ねる相手はベティーナが手っ取り早いだろうか。

こういう会話に遠慮がいらなくなったのは、大助かりの進歩だ。

「みず、あんなはなれて、だせる？」

「はい。これくらい離れてなら、簡単ですよお」

今『水』を出すのに、ベティーナの指先とコップは数歩分程度離れていたはずだ。

考え込む僕に、兄が不思議そうな目を向けてきた。

「離れて出せても不思議ないだろう。『光』だって頭の上の方に出すことができる。『風』や『火』だって、少し離れて出せるものだぞ」

「ん……そだね」

何となく『光』はそれが当然に思って、他の加護については特に考えないでいた。

テティスやウィクトルに戦闘での『水』の使い方を示唆して稽古を見ていたときも、特に指先から離れて出していた印象はない。

考えてみるとあれは、指先から少し距離を置いた先に勢いをつけて叩きつけるという目的があったからだろう。

たまたま戸口のところに立っていた護衛たちに、問いを向けてみる。

「てすたちも、できる？」

「離れたところへ『水』を、ですか？　出すだけなら、ここからそのコップ付近までもできると思いますよ。ちゃんとコップの中に入るように狙いをつけられるかは、また別ですが」

テティスの返答に、ウィクトルも頷いている。

つまり、その程度常識らしい。知らなかった。

「しかしルート、それがどうかしたのか」

「ん――」

兄の問いに、首を振る。

何か引っかかっているのだけど、考えが明瞭な形を結ばないのだ。

6 赤ん坊、加護の実験をする

離れたところに『水』を出せるってことは――。

いや、もう一つ条件が必要だ。

ぽかんとしているベティーナに、訊いてみる。

「ふたをしたこっぷのなかに、だせる？」

「えーと……出せると思いますよお」

机に置いたコップに兄の掌で蓋をして、試してみた。

傾けたコップの中に、少量水が出現しているのが確かめられた。

それでも、僕以外の人は別に驚きもしない。

これも、常識のことだったらしい。

まあ、部屋の中にいて家の外の小屋の中に『光』を出すこともできたのだ。それに比べれば確かに、驚くほどのことでもないだろう。

「これがどうしたんだ、ルート？　何か思いつきがあるのか」

「ん――わかんない」

「何だよ」

「あした、じっけん、してみたい」

「そうか」

僕のやり方に慣れている兄は、それ以上追及してこない。

子守りと護衛たちは釈然としない様子で首を捻（ひね）っているが、兄が問いを収めたので、それで納得したようだ。

僕としては、思い浮かんだことが的を射ていたとしたら、かなり微妙な扱いを要することになりそうだ。あまり軽々に口に出せないぞ、という気になっていた。

その夜は、王都に来て初めて、自分にあてがわれた部屋のベッドで就寝した。

当然、ミリッツァは背中にへばりついている。

左肩を生温（なまぬる）くしゃぶられながら、悪い夢にうなされることもなく、熟睡できた。


翌日の朝食後。

外ではまた祭りの喧噪（けんそう）が始まりかけているが、我が家としては今日、外出の予定もない。

父も午後から王宮に執務の様子を確認に少し顔を出す程度、ということだ。

僕を膝に乗せて、兄が小声で確認してきた。

「で、どうするんだ、ルート？」

「うーん……」

「昨日の続き、するですか？」

ミリッツァを抱いたベティーナも、聞きつけて寄ってくる。

傍（そば）のソファにいた父が、ひょいと顔を向けてきた。

「何だ？　何か面白い遊びでもするのか」

「……ちょっと、じっけん」

「実験？　父も見せてもらっていいか？」

「ん」

『実験』という言葉に興味惹（ひ）かれたらしく、父は目を光らせている。

あまり一緒にいることができない息子たちの傍にいたい、という願望もあるのかもしれない。

一方の母は、子どもたちの罪のない遊びと思っているようで、ただ笑っている。

夫がそれに付き合おうとするのも、「仕方ない人」と微笑（ほほえ）ましく思っているようだ。

ベティーナと簡単に打ち合わせをして、兄に抱かれて厨房（ちゅうぼう）に移動する。

ミリッツァを抱いたベティーナ、父と兄と僕、護衛のテティスとウィクトル、という一行だ。

不寝番明けのテティスは休息時間だが、昨日の続きに興味惹かれて、付き合うことにしたらしい。

僕らを廊下に残して一人厨房を覗（のぞ）き、ベティーナが料理人に声をかける。

「ローターさん、ちょっといいですかあ」

「おう、どうしたい」

「今日使う分の野ネズミ、今絞めさせてもらっていいですか？　ウォルフ様が絞めるところ見たいと仰（おっしゃ）ってるです」

「何だ、物好きな。いいぞ、三匹な」

「はあい」

裏口からみんなで外に出て、ベティーナは厨房横の土間から野ネズミ三匹を小さな籠に移して持ち出してきた。

作業中、ミリッツァは父が替わって腕に抱いている。

裏庭隅のそういう作業に使うという場所に籠を下ろして、ベティーナは僕に顔を向けてきた。

「それで、どうするですか？」

「みず、だせるよね」

「はいい」

「ほんのすこしでいい。ねずみのくびのなか、ねらって」

「はああ？　首の中、ですかあ？」

「ん。できる？」

「えと……たぶん」

ミリッツァには見せたくないので、抱いた父には少し離れてもらう。

ずっと檻（おり）の中にいて弱っているのか、三匹の野ネズミは少し動きが緩慢だが、それでもかさかさと籠の中を動き回っている。

その手前の一匹に狙いを定めて、ベティーナは手を伸ばした。

とたん。

キィイイィーー！

細く声を詰まらせて、その一匹は横倒しで痙攣（けいれん）を始めていた。

倒れ、のたうち、転げ、その動きが止まらない。

「へ、ど、どうしたですかあ？」

「しめてあげて」

「は、はいい――」

慌てた手つきで、ベティーナは籠からそのネズミを引っ張り出す。

ナイフで首筋を切ると、血を噴き出してびくびく震え、やがてその動きが止まった。

血抜き作業をしながら、ベティーナは顔を上げてきた。

「どういうことですかあ、これ？」

「きかん」

「へ？」

「みずのんで、むせたことない？」

「あります、けどお……」

「そうか！」理解したらしく、兄が声を上げた。「息を詰まらせたわけか」

「ん」

「どういうことですかあ？」

「人や動物の首の中には、食べ物が通る管と息をするための管がある。その息の管に水が入って、呼吸できなくなったんだ。水を飲むときまちがってむせたときのひどいやつだと思えばいい」

「ああ……」

頷（うなず）いて、しかしそれでもベティーナは首を傾（かし）げている。

原理は分かったけど、それが何？　という様子だ。

考えていたウィクトルが、はっとしたように顔を上げた。

「人や動物って――つまり、人に対しても同じことができる？」

「ん」

「一対一で戦闘態勢にあるとき、相手にこれをすれば、一瞬で戦闘不能になるってことですよね。むせ返ってのたうち回るしかない。これ、すごいことですよ。いくら体や心を鍛えていても、たぶんどうすることもできない。我慢しようったってすぐに窒息死しかねないんだから、むせ返る他しようがないでしょう」

「つまり、対戦時での必殺技になると？」

「ああ」

テティスの問い返しに、ウィクトルは勢い込んで頷いている。

目を輝かせて、二人はこちらに問いかけてきた。

「わたしたちも、試してみていいですか？」

「ん」

テティスとウィクトルが、順に残った野ネズミ相手に今の操作を試してみた。

どちらも同様に、のたうち回りが実現する。

少し様子を見て、ベティーナがとどめと血抜きを行う。

ややあってその手が止まり、僕を見上げてきた。

「え、え……それ、必殺技？　わたしにもできるってことですか？」

「ん」

「そうだ」考えて、兄が頷く。「こないだルートたちが攫われたみたいなとき、咄嗟にベティーナでも相手を倒すことができるかもしれないってことだ。少なくとも相手の動きを止めて逃げる隙を作れるし、護衛が駆けつける余裕を作れる」

「すごい……です」

「でも、めったに、つかっちゃだめ」

「え？」

「へたすると、ころす」

「そうか、息の詰まり具合によっては、そのまま窒息死する場合だってあるわけだ」

「そうだな」

兄の言葉に、ようやく思考がついてきたらしい父が加わってきた。

考えながら、子守りと護衛たちの顔を見回す。

「ウォルフの言う通り、これは護衛としてこれ以上なく効果的な使い方ができそうだ。しかし相手の命を奪う可能性は考えられるし、逆に相手に知られていたら効果が上がらないかもしれない。これは決して他には知らせず、お前たちだけの秘密の技として練習しておくことにせよ」

「はい」

「は」

「承知いたしました」

頷く三人に。

少し考えて、僕はつけ加えた。

「ねらうの、ぜったい、くび」

「はい？」

「まあ確かに、息を詰まらせるのがいちばん効果的だろうからな。狙うなら首しかないな」

兄は頷いているけど。

実際には、他にもっと効果的な場所もあるかもしれない。

試してみなければ分からないが、肺に直接水を叩き込めば即死するかもしれない。頭の中に注ぎ込めば、大きな障害を与えられるかもしれない。

いずれにしても今ここで確かめようはないし、その必要もないだろう。

首の気管だって命を奪う可能性はあるが、いざというときには仕方のない範囲だと思う。

そういう注意をしっかりもって行う限り、この三人ならおそらく濫用の心配はない。

しかし、この知識を広めたら、どんな悪用がされるか予想のつけようもない。

他に広めるには、重々注意が必要な事案だろう。

「しかしこれ」兄が首を捻っている。「こういうことできるの、『水』だけか？『火』だって何か、できるんじゃないかな」

「ひは、たぶん、すぐきえる」

「そうか？」

「ひには、くうきと、おんどと、もえるもの、ひつよう」

「そうか、首の中じゃそんなのがないか。『風』も『光』も意味ないだろうしな」

「ん」

これも、実際にやってみなければ何とも言えない。

『火』も、場所とやり方によっては効果が上がることがあるかもしれない。

たとえば『颪』を相当量肺に叩き込んだら、命を奪えるかもしれない。

どれも、恐ろしくて確かめる気も起きない。

まず、何処にも広めず秘密にしておくべきだろう。

言い含められた三人は、真剣な顔を見合わせている。

「そういうことなら、ベティーナは剣の練習よりこれを習熟する訓練をした方がいいだろうな。狙いを正確にするのと咄嗟の場合に使えるためには、日々の訓練が必要だ。剣の稽古をやめろとは言わないが、体力目的程度にしていいと思う」

「はい」

「俺たちとしたら、武闘会などの対戦でこれを使ったら顰蹙なんてものじゃないが、護衛の実戦での奥の手としては有効だ。こないだのルート様が攫われたときで言うと、実際には離れすぎていたが、もし俺たちがウォルフ様がいたくらいの位置にいたとしたら、ベティーナが襲われたとき、駆けつけるのは間に合わないにしてもこの『水』の技は後ろから届いたかもしれない」

「そうだな」

ウィクトルの言葉に頷き、テティスは軽く首を振っている。

そして「それにしても」と、小さな溜息混じりにこちらに顔を向けてくる。

「ルートルフ様には驚かされます。前の、『水』で目を狙うという技も、ルートルフ様の発案なんですよね？」

「そうだ。ルートが思いついた」

「前のも今回のも、いつもずっと敵との戦い方を模索している騎士たちが何故思いつかなかったかというくらい、画期的な発想です。しかもそれの実現法を慎重に検討して、周囲への悪影響まで思い馳せているなど、驚嘆するしかありません」

「やはり、何より信じられないのは、どうしてこんなことを思いつくか、というところだな」

ウィクトルも、同僚の言葉に重ねる。

うーん、と兄は首を捻った。

護衛たちと同感らしい父が、やや呆然とこちらに目を向けている。そちらを見上げるようにして、

「ここが、ルートの特殊なところだと思うんです。変わった知識や考察力のようなものは人一倍ある代わり、この世で生きている経験と一般常識は明らかに一歳児以上のものではないわけで。つまりたぶん、何かを見たとき、大人が持つような常識に囚われずにゼロからその意味を考えることができる、という感じなのではないかと」

「なるほどな。いや、今日のいきさつを見ていて、少し納得できたように思う」

ゆっくり、父は何度も頷いている。

その手が僕の頭に伸びて、そっと撫でてきた。

「我が家は、とんでもなく価値のある宝を手にしたのかもしれぬな。いや、息子たちが健康にいてくれるだけで、十分すぎるほどの宝なわけだが。今後も兄弟協力していってくれれば、我が家も領地も、未来は明るそうだ。二人、頼むぞ」

「はい」

「ん」


ベティーナが絞めた野ネズミの処理をして、その場を片づける。

そうして一同揃って居間に戻ると、母とイズベルガはいつものように編み物をしているところだ。

ソファに座りながら、兄は苦笑の顔を父に向けた。

「兄弟協力して、というのはもちろんそのつもりですが。へたをすると、ルートがいれば私など必要ないのではないかと思ってしまいます」

「いや、ない」

「何だ、ルート？」

「にいちゃとべてぃな、いなくちゃなにもできない」

「そうか？」

「え、え？　わたしもですかあ？」

すぐ横でミリッツァを抱いていたベティーナが、素っ頓狂な声を上げた。

わたわたと、自由な方の手を振り回して。

「わたしなんかあ。ルート様のお世話なら、手がかからないですから誰にでもできますですよお」

「べてぃな、せんせい」

「はあ？」

「ことば、もじ、べてぃなにおそわった」

「は、ええ？」

「ああ、そう言ってたな」

笑って、兄が手を打った。

楽しい報告をする顔で、父と母に向かう。

「ルートは今の意識に目覚めてから、ベティーナやウェスタの会話を聞いて言葉を覚えたらしいですよ。それに加えて、ベティーナが『勉強ごっこ』で文字を教えていた」

「ん」

「それはお手柄だったのですね、ベティーナの」

「うむ、よくやってくれた」

「え、え、そんな……」

領主夫妻に褒められて、子守りはしどろもどろになってしまっている。

それを微笑ましく見ながら、ふんふんと父は何度も頷いていた。

「確かにウォルフも言っていたが、ルートルフは簡単に言うとすこぶる頭はいいようだが、経験と常識が不足していて、さらに人に自分の考えを伝える表現力が足りないようだ。これはまあ、赤ん坊の身でよく口が回らない、という理由もあるか」

「ん」

「その不足を補うのに、ウォルフとベティーナの存在は欠かせないというわけだな。さっき見ていても、ウォルフはルートルフの言いたいことをいち早く察して代わりに表現しているし。身の回りの世話でも、ベティーナほどルートルフの気持ちを理解できている者はいないということか」

「ん。べてぃな、いちばん」

「まあまあ、そうですよねえ」

「奥様にそう言っていただけると、嬉しいですう」

ベティーナが笑うと、腕に抱かれたミリッツァもきゃきゃとご機嫌に身をよじらせている。

僕もつられて、わしゃわしゃと全身を揺すっていた。

「にいちゃも。りょうしゅむき」

「何だ？」

「まあ、そうだな」父が頷いている。「ずっと見聞きしている限り、ルートルフが発想したことにしてもそれを人に伝えて実現に結びつけているのはウォルフだったわけだろう。そちらの能力の方が、ずっと領主に必要なものだ。将来どうなるかは分からないが、現状を見る限りではウォルフの方が人の上に立つ条件を満たしている、ルートルフは参謀向きという印象だな」

「ん」

正直、そう父に思ってもらえるとありがたい。

兄と領主後継の座を争うなどまっぴら、僕はその横で楽をしていたいと思うのだ。

これが王族や上位貴族の家系なら、弟が少し優秀な面を見せるとそれを祭り上げようとする取り巻きが現れそうなものだが、我が家に限ってまずその心配はない。

「兄弟仲よく、がいちばんよねえ」

にこにこしている母のあの笑顔を、ずっと絶やさないようにしていきたい、と思ってしまう。

この話の納得の表明として、僕はとろんと兄の胸元に頭を預けていった。

予定していた通り、昼食後、父は王宮へ出かけていった。

ヘルフリートと護衛のマティアスを連れ、いつもの出勤と同様に徒歩移動らしい。

兄とベティーナは、護衛たちと剣の稽古。それが見えるところで、僕とミリッツァはザムと遊ぶ。

遊び疲れて、ミリッツァはお昼寝に入る。

僕は兄の膝に乗って、一緒に本を読む。領地にはなかった、国の歴史を簡単に記した内容だ。

向かいの母とともに編み物をしていたイズベルガが、笑い顔を向けてきた。

「前から微笑ましく見ていましたけど、本当にルートルフ様、ウォルフ様と一緒に本を理解して読んでいるんですねえ」

「兄の真似をしているだけかと思っていたけど、そうなのねえ。そうするとルートルフ、一人でも本が読めるのではなくて？」

「めくるの、たいへん」

「ああ、そうなのね」

笑って、母は軽く肩をすくめている。

文字を読むだけなら問題はないのだが、木の板で作られた本はページをめくるだけでも赤ん坊には重労働なのだ。もちろん自分で本を運ぶなど、当分無理だ。

板ではなく羊皮紙を丸めた巻物のようなものもあるのだが、こちらは広げて巻き戻りを押さえておくのが難しい。

もっと手軽に読める書物はないものかと、痛切に思うところだ。

「兄を便利に使いやがって」と苦笑しながら、僕に合わせてページをめくってくれる。そんな兄の顔は、何となく楽しげだ。

今回父の書斎から借りてきた本は比較的新しい歴史を記述したもので、現国王の即位の状況から、先日も聞いたリゲティ自治領を巡るダンスクとの紛争が記述されている。

最近触れたばかりの話題なので当然読み方に熱が入り、兄のめくる手はその数ページを何度か行き来する。

しかし何度読んでも、先日テオドール伯父に聞いた話よりたいして詳細になってもいない内容だ。

「今ひとつ、よく分からないな。何故ダンスクの侵攻を許してしまったのか、惨敗を喫したのか。我が国でもそんなことは予想して備えていたのだろうに」

「ん」

同感で、僕も頷く。

首を捻りながら、兄は室内を見回した。

ちょうどイズベルガと話して用を終えたらしい執事を見つけて、声をかける。

「クラウス、ちょっと訊いていいかな」

「何でございましょう」

「リゲティ自治領に関する隣国との抗争について、知っているか」

「世に知られている程度のことでしたら」

「俺はまだ、そんなことがあった、という程度にしか知らないんでな。二十四年前か、そのいきなり攻め込まれて敗北を喫したという、敗因は何なのだろう」

「簡単に言ってしまうと、軍事力の差ということになっているようです。我が国でももちろん備えはしていたはずですが、不意を突かれたのと、組織していた現地領民による兵が思うように動かなかったと言われていますな」

「兵が動かなかった、のか？」

「リゲティ自治領の領民は、長年置かれていた立場から、かなり特殊な民性を持っていると言われます。どっちつかずというか日和見（ひよりみ）というか、ですね。国同士の紛争が起こった際には、拮抗（きっこう）するようなら様子見をする、勢力差があるなら強い方につく、という具合で。それ以前五十年ほどにわたって我が国としては、かの領地を自国のものとして従来の国民や領地と同様に扱い、それが定着したと思い込んでいた辺りで、見誤ったということになるようです。不意を突いてダンスクの軍が国境を越えてきた時点で、領民としては自分たちが加わるなら互角、様子見ならダンスクの圧勝、と判断を下したようで」

「それで、様子見を選択したと」

「そのようです。ダンスクの軍備などが優れているという情報が実際以上に膨らんで流れたとも言われますし、事前にダンスク側から領民幹部への懐柔工作が行われていたという説もあるようです」

「ふうん。その、軍備が優れているというのも、かなり事実ではあるのだな？」

「様々な点で、ダンスクは軍事的に周辺を凌駕（りょうが）していると言われています。最も顕著なのは武器に使われている鉄の品質で、従来よりかなり硬い鉄の産出に成功している、と。実際かの戦（いくさ）のときも、打ち合った我が国の兵の剣が折られてしまったという話が多く残っています。この鉄の製法は部外秘で、その後二十年以上で、ますます他国との差は開いていると言われます」

「なるほど」

何度か頷いて、兄はクラウスを下がらせた。

ふと顔を上げると、向かいから母が気遣わしそうに覗き込んできている。

「ウォルフは、他国との戦に関心があるのですか」

「先日、エルツベルガー侯爵閣下とテオドール様に教えていただいたのです。製糖などの産業を考えるに当たっても、他国への影響を頭に入れておかなければならない、と。国益を考えて始めた産業が他国との摩擦を招くようになって国益を損なうようでは、本末転倒ですから」

「そうなのですか」

小さく、母は溜息をついた。

脇のイズベルガと顔を見合わせ、ゆるゆる首を振っている。

「あなたたちにはそういう憂いごとは見ずに、自由に好きなことを考えていてもらいたいのですが」

「そうも言っていられないようですので。少しずつでも知識を深めていきたいと思っています」

「仕方ないことなのでしょうねえ」

言い交わす横から、「ひううう」とか細い声が立ち昇ってきた。

壁際に寄せたソファで、ミリッツァが身じろぎを始めている。

「はいはい」と僕は兄の膝を下り、よたよたそちらへ寄っていった。

ソファによじ登ると、「ふみゃ」とぐずり顔の妹が縋(すが)りついてくる。頬(ほお)を擦(す)り寄せ、その息遣いが穏やかに落ち着く。

やがて上機嫌な笑い声になってきた赤ん坊を、ベティーナがおむつ替えに連れ出していった。

「ルートルフも大変ねえ」

「ですねえ」

向こうで、母と兄が苦笑の顔を見合わせているけど。

たいしたことではない。この程度で妹の平穏が保たれるならお安いご用だ、と思っている僕がいる。


戻ってきたミリッツァと、夕食時まで遊んで過ごすことにする。

途中一度、兄とベティーナに二階のバルコニーに連れていってもらった。

やはり、祭りの賑(にぎ)わいはますます盛んになっている。

もう陽(ひ)が落ちようとしているのも何のその、広場では数えきれない人々の歓声と楽器の音色が続いているようだ。


夕食前に、父が帰宅した。

着替えを済ませてソファにどっしり腰を下ろし、ふううと大きく息をついている。

「人いきれに酔いそうなほどだった。王宮からここまで歩くのに、いつもの倍以上かかったぞ」

「それは大変でした」

笑顔で、母が労(ねぎら)う。

それにやはり笑いを返しているが。父の顔つきに、何か憂いの影のようなものが見える気がする。

兄も気になったらしく、問いかけていた。

「それを別にしてもお疲れに見えますが、父上、王宮で何かあったのですか」

「うむ。あ、いや――お前たちが気にすることではない」

「そうですか」

家族に心配をかけないつもりのようで、夕食時父は明るく振る舞っていた。

それでも、やはり何かあるのだろう。予定が変わって明日は朝から王宮へ出仕する、と妻子に告げている。

それ以上問い詰めることもできず、兄と僕は傾げた顔を見合わせていた。

7 赤ん坊、非常事態を知る

朝食後すぐ、父は出かけていった。

祭り最終日の街中（まちなか）は、ますます賑（にぎ）わいを高めている。

日中、僕らは何度も二階のバルコニーからその様子を眺めていた。

人々のがなり声。笛や太鼓の高鳴り。一日中、まったく引き切らず続いている。

離れて眺める僕たちまでも気が弾み、手足が舞い始めそうな殷賑（いんしん）ぶりだ。

夕方になると、一階の奥にいてもその外の騒ぎが聞こえてくるほどになっていた。

これから夜遅くまで、広場では人々が歌い踊り続ける予定なのだという。


しかし。

夕食の時間が近づいてきた頃、気がつくと外の音声が小さくなってきていた。

「何か外、静かになってません？」と、ベティーナが辺りを見回す。

言われて、皆で耳を澄ます。

まったく静まったというわけでなく、どうも音楽が止（や）んだということらしい。

遠く大勢（おおぜい）のざわめきは残っているが、それが楽しげなものでなく何処（どこ）か罵（ののし）り合いのようにも聞こえる。

「何かあったんでしょうか」

「見てきましょうか」

母の問いかけに応えて、兄が立ち上がった。

そこへ、玄関の扉が開く音が聞こえてきた。

父の帰宅かと思っていると、入ってきたのはヘルフリート一人だ。

「済みません、旦那様は遅くなるというお知らせです」

「何かあったのですか」

「ええ。まずその前に、皆さん絶対この屋敷から出ないように、という言いつけです。絶対に守ってください。この通達は今、王都の全世帯に回されています。祭りも中止として、皆に家や宿に帰って外に出ないよう、触れが回されています」

「いったい何が？」

「疫病が流行り出している疑いがあるのです」

「え……」

ヘルフリートの話を訊いていた母が、顔を青ざめさせていた。

クラウスも固くした声で問い返す。

「疫病？　どのような病気ですか」

「二十年ほど前にも流行したことのある、クチアカ病ではないかと見られています。すでに王都内の数箇所で集団感染が見つかり、隔離が始まっています。これ以降王都の人の出入りは禁止され、発病者は即隔離、そうでない者も外出禁止の上五日程度様子を見るということです」

「クチアカ病ですか。確かに、感染してから四〜五日は潜伏期を置いて発症するということでしたね」

「旦那様は王都内の管理がお仕事ですから、それにかかって数日は帰宅できないということです。とにかくこの屋敷の者たちは決して外出しないように、それだけを守っていてほしい、という言伝(ことづて)です」

「悪い方に転がると、最悪前回のような始末になるということでしょうな」

「そう。感染が止まらないようなら、大勢の患者を焼き払うしかなくなる恐れがあるということです」

あまりに恐ろしい言葉を聞いて、居合わせている女子どもは、ひい、と息を呑(の)むしかなかった。

そういう注意だけを伝えて、ヘルフリートは急ぎ王宮へ戻っていった。


重い空気の中、夕食は済ませたが。

疫病流行という言葉だけが伝えられ、詳細が分からないままでどうにも落ち着かない。

二十年前に同じ病が流行したということだが、邸内の大半は生まれていないかまだ幼かったかで、はっきり記憶に残しているのはイズベルガとクラウス、ヒルデ程度と思われる。

イズベルガに尋ねると、当時は母とともにエルツベルガー侯爵領にいてそこまで流行は届かず、王都の状況は噂(うわさ)程度にしか知らないとのこと。

さっきの会話からして、クラウスはそこそこ当時の状況に通じているようなので、呼んで話を聞くことにした。

「はい、私は当時王都におりましたし、もう亡くなった父がそのとき町医者をしていて治療に当たっていましたので、かなり話を聞いております」

「それは好都合だ。当時の知っていることを、話してくれないか」

「はい、かしこまりました」

「クチアカ病と言ったか。どんな病気なんだ」

「感染発症すると、まず高熱とともに口の中に赤い発疹（ほっしん）が現れます。発疹以外は倦怠感（けんたいかん）、悪寒、関節痛、筋肉痛など風邪に似ているのですが、この口の中の痛みもあって食欲が減退し、体力を奪われて死に至ることが多いということです」

　コレラやペストなどのように人がばたばたと倒れていくほどの致死率ではないが、感染率は高いらしい。

　周りが気がつかないうちに突然口内発疹が現れ、どんどん弱っていく。

　症状が進むと手足などにも発疹が現れ、感染の恐怖と見た目の気持ち悪さもあって、看病する者も近づけなくなっていく。

　食事を与えても受け付けなくなり、栄養失調、場合によっては肺炎を併発して死んでいくということになるようだ。

　この病に効く薬は見つかっておらず、対症療法として解熱剤が慰め程度に効果があるかどうか。

　周りの対処としてはとにかく病人を集めて隔離し、甲斐（かい）のないまま食事と解熱剤程度を与えて、ほとんど自然治癒か死かを待つ格好になる。

死体にはできるだけ触れないようにして、板に乗せて縄などで引いて運び、火葬にする。

真偽は確かめられていないが、ある地域ではまだ息のある患者も含めてすべて焼き払い、それ以上の感染を防ぐ効果を上げたと、まことしやかに伝えられている。

とにかくもそのように、徹底した隔離で感染を止める以外対処法はないと考えられている。

「そういうことで今は、感染防止のための外出禁止と、発症者の隔離を進めているわけだな」

「そういうことだと存じます」

「しかし、外出禁止を徹底すれば感染の広がりは抑えられるにしても、発症した患者への治療法は目処が立っていないわけか」

「ではないかと」

「前回のときは、どれくらいの死者が出たんだ？」

「数千人とも、一万人以上とも言われております。発症者はその数倍ということになるでしょう」

「王都の人口が、十万人余りということだったか。なかなかにすごい数だな」

うーん、と兄は腕を組んで唸る。

室内の他の顔ぶれも、暗い面持ちを沈めるばかりだ。

「とにかくも感染の鎮静を待つしかない、と。数週間は王都全体が死んだようになる、ということだろうな。我々もその間、領地に帰ることはできないわけだ」

「ではないかと」

「うーむ。まあ、屋敷に籠もっている限りは感染の心配はなさそう、というのがせめての救いか」

「しょくりょうは？」

僕が訊くと。

隅に控えていた、料理人のローターが応えた。

「屋敷の備蓄は、十日分程度。倹約すれば、二週間は保たせることができると思います」

「二週間は屋敷に籠もっていられるわけだな」

「はい」

「おうとの、いっぱんかていは、どうなんだろ」

僕が見上げると、「どうかな」と兄は首を傾げた。

ローターも答えられないでいる。

クラウスが、悩ましげな顔で返事をした。

「それほど食料を蓄えている家庭は、多くないのではないでしょうか。王都ではいつでも店で買うことができるという意識でしょうから。今は祭りで外食と考えていた家庭なら、なおさらと思われます」

「ずっと大人しく外出禁止に従うかは、疑問ということになるな」

「しょくりょう、かいしめ、おきるかも」

「何だと？」

ぎょっと、兄が目を瞠る。

クラウスも考え込む顔になっている。

「欲を出した商人辺りがもし食料を買い占めて、売り渋りのようなことを始めたら……」

「ぱにっくになる」

「大変じゃないか！　父上や王宮の人たちは、そんなこと考えているだろうか」

「しんげん、ひつようかも」

「しかし外出禁止だし、父上もしばらく戻らないらしいしな」

「緊急の場合は、鳩便が使えます」

兄の疑問に、クラウスが答える。

こんな近距離だが、王宮の父に鳩便を送ることはできるらしい。

考え込む兄をよそに、僕はクラウスの顔を見た。

「かんせんのしかた、わからない？」

「クチアカ病の感染方法ですか？　はい、正確には分からないため、看病する側も恐ろしくて近づけないでいる、という状況のはずでございます」

「かんせんほうほう、おおきくわけて、くうき、ひまつ、せっしょく」

「え、おいルート、何だそれ？」

目を丸くする兄に、説明する。

感染症はたいてい、微小な病原菌が人から人へ移ることで伝染する。

空気感染は、ごくごく微小な病原菌が空気中を漂って移るもの。

飛沫感染は、咳、くしゃみ、会話などで散乱した菌が、目、鼻、口などから人に入る。または別の物などに付着して触れた手を経由して目、鼻、口などに入る。

接触感染は、皮膚と皮膚の接触によって移る。

これらは、菌の大きさや種類によってだいたい区分される。

「ぜんかい、かんじゃのしょくじやしたいはこびのひとへの、かんせんは？」

「特に多かったとは聞いていませんな。隔離した場所に長く留まらないようにしていたはずですし」

僕の問いに、クラウスはすぐ答える。

兄が、僕の顔を覗き込んだ。

「ルート、このクチアカ病で、何か思い当たる知識があるのか？」

「ちかいびょうき、ひまつかんせん。いまのはなしでも、くうきかんせんのかのうせい、ひくい」

「つまり、飛沫感染の可能性が高いと。それなら、何か対処法があるわけか？」

「ん。はなとくち、ぬのでおおう。まわりや、て、しょうどくする」

「それで感染は防げる？」

「かなり」

「父上に報せないと！」


今の話を鳩便で送ればいいのかもしれないが。

文章で父や役人たちに理解させる記述ができるか、はなはだ心許ない。

何しろこの世に『病原菌』というような感覚の概念さえ、ほとんど存在しないのだ。

もちろん伝染病の原因は何かが人から人へ移っているものという程度には想像されているが、『菌』とか『ウィルス』とかに当たるものは目に見えるものとして見つかっていない。

むしろ『菌』などという現実的な生物よりも、『呪い』というような概念の方がよほど巷間に一般的な考え方となっている。

役人たちへの説得は、そこの受け入れから始めなければならない。

「俺とルートで王宮に説明に行くのが、いちばん現実的なんじゃないか」

「でも、外に出るのは危険です。あちらこちらに病気の原因がつけられているかもしれないのでしょう？」

「はなとくちおおって、ものにふれないようにすれば、だいじょぶ」

「でも……」

僕の説明に、母は納得しきれない様子だ。

確かに、今ここでわずかな情報のやりとりをして飛沫感染と想像しただけで、空気感染の可能性がまったくないと断じられるわけではない。

「くうきかんせん、としても、かぜとおしいいそと、だいじょぶ」

「そう……なのですか？」

説明を加えても、母には納得できないだろう。

外に出ることに、危険がゼロとは誰にも言い切れない。屋敷の中にいさえすれば、ほぼ安全は保障されているのだから。

「母上、王都の何千何万の人命がかかっているのです。このまま無駄に時間が過ぎれば、この屋敷の安全も脅かされる。最悪、我が領地にまで災いが及ぶことさえ考えられます」

「それは、分かるのですが……」

はあ、と息をついて。

「それでも、子どもを危険にさらしたくないのです」と、母はひそめ声で呟(つぶや)いた。

それから小さく頷(うなず)き、顔を上げる。

「しかし、あなたたちは決めたのですね。分かりました。あなたたちの信じるように行動しなさい」

「ありがとうございます、母上。まずは、父上に伺いを立てようと思います」

そもそもこっちで勝手に決めて王宮に押しかけても、入れてさえもらえるはずがないのだ。

まず、クラウスに指示して鳩便を送ってもらうことにする。

クチアカ病の感染防止方法について、思い当たる知識がある。父上に、直(じか)に説明したい。

父上が屋敷に戻るか、こちらから王宮を訪ねるか、どうすべきか判断していただきたい。

そのような趣旨の文を、書いてもらう。

短距離なので、鳩便に要する時間は数分程度だ。

間もなく、「ヘルフリートを迎えにやる」という返事が来た。


待つ間こちらでは、イズベルガとヒルデに指示して感染防止の態勢を整える。

スカーフ程度の大きさの布を用意して三角形に折り、口と鼻を覆って後ろで結べるようにする。

石鹸水(せっけんすい)を用意して、手や物を消毒できるようにする。現存する石鹸は植物油を灰と粘土で固めたものということで、何処まで殺菌効果があるか心許ないが、ただの水だけよりはましだと信じることにする。

とりあえずみんなが家の中にいる限りは必要ないが、外に出る場合は口と鼻を覆う、外から誰かが入ってくる場合は手と触れたものを消毒する、ということを徹底することにした。

その布数枚と壺(つぼ)に入れた石鹸水は、王宮へ持参するように準備する。

ほどなく到着したヘルフリートには玄関外で待たせ、手の消毒と口布の装着をさせた。

兄と抱かれた僕も口布をして、外に出た。

王宮に慣れたハラルドが、護衛としてつき従う。

「なるべく、ひとのいないみちをとおって」

「今の王都は、何処も外に出る人はいませんよ。見回りの警備隊員が歩いている程度です」

ヘルフリートの返事に納得して、すっかり日が暮れた街を最短行路で急ぐことにする。

小走りで進むと、王宮まではあっという間だった。

祭りの痕跡が雑然と残る広場を抜け、豪奢（ごうしゃ）な門をくぐる。出る際に断りを入れているらしく、門番にはヘルフリートの会釈だけで通過を許された。


王宮の建物は、手前の二階建て部分が父など行政に関わる者たちが執務する領域で、奥の三階建てになっている国王らの執務と住居用の御殿に続く。

その手前の執務領域には、平時よりは出入りが少ないそうだが、静まり返った廊下にひっきりなしに人が行き交うのが見えている。

二階に上がり、奥まった一つの部屋に僕らは通された。父が使っている宰相付きの執務室らしいが、今は無人だった。

入って奥に、戸口へ向けて執務机が二つ並んでいる。左脇には雑然とした書棚、その前に応接用らしいテーブルと椅子が据えられている。

その応接用の椅子に、座って待つように言われる。

そしてすぐに、ヘルフリートは父を呼びに行くと出ていった。

間もなく、疲れた様子の父が気忙しげに入ってくる。

僕らの向かいの椅子に座るや、急き込んで問いかけてきた。

「感染防止に思い当たる知識とは、どういうことだ？」

「ルートの知識に、当てはまるのではないかと思われるものがあったようです」

「聞かせてくれ」

「そのまえに、いまのじょうきょう、おしえて」

「うむ」わずかに、父は虚空に視線を流してから、答える。「必要なことなのだろうな。他では、秘密にしてくれ。現在、王都の十箇所程度で発症者が見つかり、空き家や広場に張ったテントなどに隔離を進めている。人数は百人を超えているようだ。聞いていると思うが王都全体に戒厳令が発せられ、無許可の外出は禁止として、王都警備隊が見回りと声かけの徹底をしている」

「ちりょうは」

「発熱のある者には、解熱剤を飲ませている。食事を与えても受け付けない者が多い。感染が恐ろしいので看病に当たる者が少なく、町医者たちも手をこまねいている状態と聞く」

「きをつければ、かんせんふせげる」

兄の口添えも借りて、病原菌と飛沫感染の原理を説明する。

横で、ヘルフリートが真剣にメモをとっていた。

口と鼻を覆い、消毒を徹底すれば感染はかなり防げること。

発症者の致死率自体はそれほど高くないのだから、解熱と栄養補給に努めれば、回復は望めるだろうこと。

持参した布と石鹼水を、見本として渡しておく。

実際に僕の『記憶』の知識がうまく当てはまる保証はないのだが、迷信などに惑わされている現状に比べれば、ある程度説得力を持たせた方針を打ち出せば、役人も市民たちも光明を持って行動をとれるだろう。

まだ息のある患者までまとめて焼き払われる、などという風評が出回っていたら、発症を名乗り出る者が減って感染防止が遅れる恐れがある。広く方針を伝達することは必須だ。

人々には極力外出禁止を徹底させ、やむを得ない外出の際には口布と消毒を義務づけさせる。

医療関係者と協力者には、よりいっそうの感染防止の注意をさせて治療に当たらせる。

「つよいおさけ、ない？」

「酒、ですか？」

「ん。ぶどうしゅより、ずっとつよいの」

僕の問いに、ヘルフリートは唸って考え込む。

王都で用いられている酒類は、ほぼ葡萄酒（ぶどうしゅ）ばかりだと聞く。ベルシュマン男爵領では酒自体見かけなかったわけだが、他の領で地域特産のようなものはないだろうか。

ややあって、その手が打ち合わされた。

「ああ、最近噂を聞いたことがありました。南のベルネット公爵領で、アマキビを使った酒ができたと。砂糖作りのためにアマキビの栽培を増やしたのに、製糖に量制限がかけられて余ってしまい、苦肉の策ということらしいですね。何でもできた酒を蒸発させるだかして強いものを作ることはできたが、味が今ひとつで売れずに在庫が溢れていると」

「ああ、聞いたな。五倍くらいに薄めて飲んでも葡萄酒より強くてよく酔えるが、味はまったく素っ気ない。酔えさえすればいいという貧民層には受け入れられるかもしれないが、それでは採算が合わないと、売り出せないでいるらしい」

「それ！　とりよせて」

「って、どうするんですか、そんな出来損ないの酒なんぞを」

「しょうどくにつかう」

「消毒？」

酒の強さ次第でどの程度効果があるかは不明だが、平民家庭にどれだけの品質のものがあるか怪しい石鹸水よりは、確実性がありそうだ。

ただし強い酒は誤って引火する恐れがあるかもしれないので、注意を伝える必要がある。

そう説明すると、首を傾げながら父とヘルフリートは納得してくれた。

「あと、びょうにんのしょくじ。ふつうのじゃ、だめ」

「どう駄目なのですか？」

「たべやすく、えいようあるの。しおからいの、だめ」

王都の料理は一般に、塩味と辛さが強いと聞く。口内に発疹のできた患者は、受け付けないはずだ。

薄味低温で、口当たりがよく栄養価の高いものが望ましい。

とりあえずは、薄味の野菜スープを冷ましたもの、といったところか。

それも受け付けず脱水症状の者には、水にごく少量の塩とかすかに味を感じる程度の砂糖を溶かしたものを飲ませる。

消毒の件も含めて、王都には大きな川が流れていて地下水も豊富、各所に井戸が十分にあるということで、その点は幸運だ。

井戸周りの消毒の徹底は、最優先で進める必要がある。

「それと、ちーうえ、とーふしょくにん、よんで」

「トーフだと？」

「びょうにんしょくに、さいてき」

ベルシュマン男爵領とアドラー侯爵領から、トーフを作れる者とありったけのキマメを移動させる。

王都の外、隣接する村などでトーフを作らせ、都内に運搬させる。

薄味低温で口当たりがよく栄養価が高い、という点では最適な食材のはずだ。

トーフそのもの以前に、茹でキマメを絞った豆乳に塩と砂糖で薄味をつけたもの、でもよい。

患者が百人超規模のうちは、それで栄養補給ができるだろう。

他に、エルツベルガー侯爵領から牛乳と玉子を運ばせて、口当たりのよいスープ類を作らせる、という策も考えられる。

「ベルネット公爵領の酒、アドラー侯爵領のキマメ、エルツベルガー侯爵領の牛乳、ですか……」

メモをとりながら、ヘルフリートが渋い顔になっている。

領地間の産物交流が少なかったらしいこれまで、そのように爵領に要望を出した例はないのだろう。

「このさい、そんなことといってられない」

「まあ、そうだな。宰相閣下に諮(はか)って陛下に進言しよう」

難しい顔で、父が頷く。

それを見ながら、思い出した。

「あ、ちーうえ。さきに、りょうちへかえったひとたちは」

「ん？　あ……出入り禁止にする前に、各領地へ出発した連中か。忘れてた、祭り期間だから、かなりいたはずだな」

「りょうちでかくり、ひつよう」

「すぐ、各領に鳩便で触れを回そう。一週間程度隔離して経過を見る、発症者には王都での処置を適応させる、という感じだな」

「ん」

「これは、すぐ動く必要があるな。待っていろ」


足速に、父は部屋を出ていく。

すぐに関係者に伝えたらしく、間もなく戻ってきた。

「王都以外への感染拡大は、絶対阻止する必要があるからな。まだ宿に残っている者たちには、超過の宿代は国で援助するので絶対外に出ないようにと、触れを出している」

「あと、しみん。しょくりょうかいしめ、あるかも」

「買い占め？　――そうか、市民、その前に商人たちが利益を求めて、買い占めや売り渋りに動くことが考えられるな」

「しょくりょうと、ぬの、せっけん。さきにくにでかいあげて、はいきゅうがいい」

「国で買い上げ、配給か」

「父上、祭り明けで市民たちの食料備蓄は心許ないということが考えられます。パニックになる前に、国の方から炊き出しのようなものを考えてはどうでしょう。極力外出を控えさせるために、地域を細かく区切って」

「なるほど、一考の余地はありそうだな」

「それにしても……買い占め防止、炊き出し、ですか。およそ、お子様の頭から出る発想じゃないですね」

「うちの息子たちは、特別だ」

苦笑いのヘルフリートに、父がドヤ顔を見せている。

――いや、こんなところで親馬鹿してなくてもいいから。

配給は一日二回、パンと具の入ったスープ程度。

一家から一人程度、口布装着でとりに来るよう呼びかける。

大勢が殺到しないようこまめに移動して、その都度近所の者が出てくるように注意する。

決まった住居のない者たちにも空き家やテントを提供し、食料を配給する。

そんな原案は固まったが、何にせよ予算のかかる話だ。

早急に宰相や役人たちに提案するということだが、前例のない試みがどれだけ受け入れられるか、疑問だ。

しかしこういった点で先手を打っていかないと、どうしようもない混乱が生じる事態が高確率で予想される。為政者たちには腹を据えて頑張ってもらいたいものだ。

父は関係者との話し合いに出ていき、兄と僕はヘルフリートに送られて屋敷に戻る。

もうかなり遅くなっていたが、僕の不在で落ち着かず寝つこうとしないというミリッツァに、たちまち縋(すが)りつかれた。

僕はというと、ふだんの就寝時刻を過ぎている上にいつも以上の頭と『記憶』の使いすぎのためだろう、ほとんどエネルギー切れ寸前の状態だ。

すぐに機嫌を直した妹とともに、寝床に潜り込ませてもらう。

王都のこの先の気がかりは頭に消えないのだが、背中の安らかな呼吸に、自然と眠りに引き込まれていた。


日が変わって。この屋敷の中はそれほど変化がないが、街中には得体の知れない不安感が漂っているようだ。

その中を、王都警備隊が手分けして各戸を回り、必要事項を説明しているらしい。

十日から十五日程度、許可のない外出は禁止。

家の中では、外から病原体が入らないように重々気をつけること。

やむを得ず外に出たり外部の人間と接するときは、口布を装備する。

石鹸水か強い酒を用意して、消毒に努める。

この日の午後から食料の炊き出し配給が行われる予定なので、焦らず待っていること。

発症者が出た場合は、速やかに見回りの警備隊員に報せること。

患者は隔離の上、医療専門家による治療がされる。

――等々。

その辺りのことは、午前中に報告に来たヘルフリートが話してくれた。

その他、王都内の商人たちに向けて、食料や布、石鹸を国で買い上げるという通達が回されている。

また、各爵領に物資の援助を請う連絡も送られている。

提案した通り、ベルシュマン男爵領からジーモンと助手たちを呼び寄せて、王都隣の村でトーフ作りをさせることになったらしい。

ベルネット公爵領からの強い酒の取り寄せも、公爵に快諾されたということだ。

外出禁止が始まって五日程度は、発症者が増え続けた。
それも、患者の隔離と発症した家の消毒、同居者の経過観察を徹底したことで数日後には頭打ちとなり、累積感染者数は三百人弱で抑えられたという。
王宮からの大号令のもと、とにかく外出禁止の徹底が図られたことが大きいと思われる。

感染拡大の恐怖から、王都中の住民が大人しくこれに従った。ほとんどの市民にとって、炊き出しで食料が配給されるなら、しばらくの間の活動自粛に命がけで抵抗する理由はない。

しっかり治療がされるというなら、発症者の報告にもためらいは少ない。

患者が摂取できる食料提供に努めたことで、死亡者は六十人程度で残りは快方に向かったということだ。

治療に効果が見られ始めたこと、口布装着や消毒の徹底でわずかな例外を除いて加療側への感染が防げたことが、関係者に大きな力を与えたようだ。

十日目頃には新たな発症者もほぼなくなり、十四日目からは外出制限緩和ができるようになった。

当初は王宮に泊まり込みだった父も、七日を過ぎる頃には帰宅するようになった。

とは言え最初は、万が一にも外からの病原体を家族にもたらさないように、対面も会話も最低部屋の隅と隅に離れて、という徹底ぶりだ。

それでも妻と子の顔を見、声を聞き、慣れたベッドで休むことは格別だったらしい。

疲れのとれきれない足どりながら表情を新たにして勤めに向かう父の姿は、息子の目に少し格好よく見えた。

外出禁止中の僕らはというと、身体を動かすにしても室内で行うしかない。

兄は、テティスとウィクトルに見てもらいながらの剣の稽古を日課としていた。少し前から見習い程度に参加していたベティーナも、体力増強目的に一緒に素振りをしている。

許可をもらって、護衛たちも交代で立ち合い稽古を行う。平時は外で行っていたものを室内に移しただけで、彼らには欠かせない習慣だという。

そんなハードトレーニングを見ながら、僕はザムに摑まって歩行訓練。ミリッツァはザムの背に乗ったり床に転がってはいはいの練習をしたりしている。

そんな中でいちばん運動不足だったのは外で走ることができないザムだったかもしれないけど、ここは我慢してもらうしかなかった。僕らを乗せて玄関ホールを駆け足周回させるのが、せいぜいだ。


外出規制緩和が通達された朝、王都中に歓喜の声が響き渡った。

あの、祭りの日に劣らない騒ぎだ。

とは言え、まだ地域ごとに時間を区切っての緩和だということだが、市民は皆整然とそれに従っているらしい。

前回の病流行のときに比べて大幅に発症者も死者も減少して終息できたということが知れ渡って、行政側への信頼が増大したようだ。

屋敷の二階バルコニーに昇ると、少し離れた市場の賑わいが聞こえてくる。

地域制限がかかっているのだから人数はまだそれほどでもないのだろうに、祭り当日に劣らない活気が伝わってくるように感じられる。

「生きていてよかった」といういかにも実感のこもった声が、そちらから聞こえてきた。

笑って、僕は抱いてくれている兄と顔を見合わせた。

この日の夜帰宅した父は、食事を済ますなり寝室のベッドに倒れ込んでいた。

ようやく翌日は休暇にすることができたので、起こしてくれるなという懇願だ。

午(ひる)近くになって起き出してきた夫に、母は笑いかける。

「疲れはとれましたか？」

「ああ。心配かけたな」

母の近くに腰を下ろすのかと思いきや、ソファの兄に歩み寄る。

思わず中腰になる兄の肩を、片手で抱き寄せる。

そのまま腰を屈(かが)めて、床でミリッツァと戯れていた僕の腰にも父は手を回してきた。

「本当に助かったぞ。お前たちのお陰で、王都は救われた」

ぎゅうぎゅうと抱きしめられ、呼吸が絶え絶えになるほどに。

額に無精髭(ぶしょうひげ)を擦(す)りつけられても、今は何故(なぜ)か心地よく感じられる。

上着から何やら酒精の匂いが立ち昇っているのは、息子たちを抱くために念を入れて、予(あらかじ)め身体や衣服の消毒をしたためだろう。

「お役に立てて嬉(うれ)しいです、父上」

「ん」

「お前たちは本当に、自慢の息子だ」

「きゃきゃきゃ」

半分僕に縋りつき、ミリッツァも一緒に父の脇にへばりついてきていた。

大人に遊んでもらうときの、ご機嫌満開の様子だ。

少し離れて、母がにこにこと穏やかな顔を向けている。

そのまま子ども三人を抱きつかせた格好で、父は長椅子に身を沈めた。

さらに引き寄せられて、僕とミリッツァは大きな膝に乗せられる。

少し恥ずかしそうに身を離しかけた兄も、強引に脇に引き戻されている。

「今日からは、王都に出入りする物資や人の流れも再開される。まだ慎重に様子を観察する必要はあるだろうが、まず一段階復旧に向けた歩みが進んだと思っていい」

「喜ばしいことです」

にこにこと、母の相鎚。

「そう言えば父上」と、顔の圧迫からようやく少し逃れることに成功した兄が、問いかけた。

「王都以外の地域に、感染の拡大はなかったのですか」

「お前たちの話を聞いてすぐに、各領地に指示を飛ばしたからな。王都から戻った者たちの隔離観察は徹底されたようだ。ベルネット公爵領から、隔離した者の中から数名発症者が出たという報告があったが、すぐに治療がされて快方に向かったということだ。他に発症の報告はない。これもあの日のうちに行動に移ることができた、お前たちのお陰だな」

正確には、あの夜のうちに王都の屋敷にいる領主たちに触れを回した。その領主たちから、翌日早朝に鳩便が領地へ送られた。陽が昇らないと鳩が飛べないため、これが最速の伝達だったということだ。

日が暮れた直後くらいまでなら家々の明かりを頼りに短距離飛行ができる、というのは王都の中心部だけだ。

「今回のベルシュマン男爵の功績は、王宮内の誰もが認めるところとなっているようです。近いうち、国王陛下からもお声がかかるのではないかと言われています」

「そんなものは、どうでもいい。今はただ、家族とともにゆっくり休ませてもらいたいものだ」

ヘルフリートの付言に、父は苦笑で返した。

それに、やれやれと側近は首を振っている。

「そんな呑気なことを言っていられるのは、今のうちだと思いますよ」

「今だけは、呑気にさせてくれ」

「かしこまりました」

頷きながらも、ヘルフリートはさらに真顔を引き締めている。

母やクラウスらにも視線を回して、また主人に向かい直る。

「しかしながら、ある程度覚悟しておく必要はあるかと思います。これは内々の話ですが、ルートルフ様の知識がこれほどの規模で国の利益に役立つものと、改めて思い知らされたところです」

「うむ」

「出所がルートルフ様であることは秘密ですが、これまでの経過から、王宮や貴族の間では今回の件、少なくともウォルフ様の発想から出ているのではないかとは、噂になることと思います。ウォルフ様とルートルフ様の重要性が増すわけで、ますます身の安全に気を払う必要が出てくるものと存じます」

「それは、そうだな。世に平和が戻った分、警護の面ではさらに気を引き締めてもらいたい」

居合わせている使用人たちを、父は一巡り見回した。

話の届かない玄関先に詰めている傭兵を除いた、以前からの護衛四名は、真剣な顔で頷きを返している。

「ルートの秘密は、ますます外に知られるわけにいかなくなったと言えそうですね。隣国だけでなく、国内の貴族たちからも狙われかねないということになりませんか」

「ああ。そういう面も否定できぬ。利益になりそうなものなら形振り構わずほしがる貴族は、残念ながら少なからずいるだろうからな」

「まったく身を守るすべのないルートが狙われるくらいなら、まだ私の方がましです。今回の件も、出所は私だと思われている方がいいと思います」

「ウォルフが狙われるというのも到底容認できぬが、まあそこは仕方ないだろうな」

苦い顔で、父は長男の肩を抱き寄せている。

少しの間、わうわう、と父の膝を叩くミリッツァの声だけが部屋に流れた。

僕が手を伸ばすと、きゃああ、と妹は胸元にのしかかってくる。

赤ん坊二人の頭を撫でて、父は居並ぶ全員を見回した。

「とにかくまあ、王都の賑わいは戻ってきたが、我が家の者たちはまだしばらく外出を控えることにする。安心して領地に戻れるのも、もう少し様子を見てからとした方がいいだろう」

「承知しました」

代表して、母が応えた。

8 赤ん坊、筆記をする

昼食を済ませた父が部屋に戻って休息をとることになり、引き続き残された家族は一階の目の届く範囲で時間を潰す。

一緒に遊んでいたミリッツァがうとうとを始めたのでベティーナの膝に預けて、僕は兄のもとへ移動した。

いつもなら読書の時間なのだけど、長い自宅待機が続いて、元から多くない蔵書に未読のものがなくなってしまっている。そのため、少し違う試みを始めることにした。

そこそこ大きな筆記用の板をクラウスに用意してもらい、テーブルに置いたそれによっこらしょと四(よ)つん這(ば)いでよじ登る。

今回の疫病対策の顚末(てんまつ)について、記録をまとめておこうと思うのだ。

もちろん兄やクラウスや、他の人に任せてもいいのだけど。最近ようやく指の力がついてきてペンを握ることができるようになったので、羽根ペンとインクで文字を書く練習をしたい。まだ本来のペンの握りはできず、ふつうに棒を持つ格好だけど、何とか書くことはできる。

横で兄に見てもらいながら、板の上を這(は)い回(まわ)る、傍目(はため)には異様に映るだろう筆記姿だ。

「頭では分かっていても、信じられない光景ですねえ」

テーブル横から覗き込んで、ヘルフリートが感嘆の声を漏らす。

まあ確かに、めったに見られるものではないだろう。

それにしても、文字を書くのは初めてでも本を読んだり兄やクラウスらと議論したりはこのところずっとここで続けていたので、母やイズベルガ、ベティーナらは僕のこんな姿を見てもことさら驚かなくなってしまっている。慣れというのは恐ろしいものだ。

「それにしても、わざわざそんなことを書いておく必要があるのですか？」

「きろく、だいじ」

「そんなものですかねえ」

面倒なのでここで詳しい説明はしないけど。

僕からすると、そこそこ文化的な活動をしているはずのヘルフリートがそんな反応をすることからして、信じがたい。

この国、なのか世界なのか。過去の出来事を記録に残す習慣が、公式にはほとんどないらしいのだ。

先日王宮に出向いて疫病対策の話をしたとき、「前回の流行のときはどうだったのか」という質問をしても、父からもヘルフリートからもほとんど詳細な回答が出てこない。尋ねると、王宮にそうした記録が残されていない、という返事なのだ。

対策を議論した会議で二十年前を記憶している人々の情報を集めても、こちらでクラウスから聞いた話を超えるほどのものはなかったようだ。

病流行の現実とは別に、僕は愕然としてしまっていた。

——過去の記録に依らずに、どうやって行政を進めているんだ？

もちろん、文書に残された過去の記録がまったく何もない、というわけではない。

しかしわずかに聞くところではそうしたもの、公式のものに限るとほぼ歴代の国王の功績を誇る内容に偏っているらしい。

極端に言えば、いいことだけ残して悪いことは忘れてしまおう、という態度ではないかと思ってしまう。

一応、学者や在野の研究者などの私的著述はその限りではない。ただそちらになると、個人的な趣味関心に依ってきて、一貫性のないまた別に偏ったものになってくる。

先日来、貿易や軍事の上での国力が云々、という話が出ているけれど。こういった面から見直しをかけていかなければ、国の力というものに結びついていかないのではないかという気がする。

いや、ここで赤ん坊一人が力説していても、何の解決にもなりようがないのだけど。

微力の身としてはとりあえず、今手の届くところから始めてみようと思うのだ。

今回の病の発生状況、国としてとった対策。兄に確認をとり、一緒に文案を練りながら、筆記していく。

書かれた文字はミミズののたくりの方がよほど目に優しいと思える出来だけど、そこは練習なので許してもらう。

今僕が乗っかっている板も、使用しているインクも、安くはないとは言うもののまだ使い捨て用の低品質のものだ。

筆記板は一度使用した後で削って文字を消し、再使用するようになっている。インクもそれに合わせて、染み込みが少なく経年劣化が大きい種類のものだという。

今回僕が書いたものは、後で改めて高品質の用具でクラウスに清書してもらい、残しておく予定だ。

あまり理解しきった様子ではないものの、とりあえず父とクラウスから承諾を得た結果だった。


そうやって、兄とやりとりしながら作業しているうち。

ヘルフリートが何やらいろいろ道具を持ち出してきて、テーブルの一隅に並べ出した。

「坊ちゃま方に倣って、私もここで仕事をさせてもらってよろしいでしょうかね」

「ああ、構わない」

兄の許諾を受けて、あちらでも筆記板やペンとインクを広げている。

その横に、見たことのない道具が置かれた。板の本を二冊並べたほどの大きさ、高さは低い木の箱で、中にいくつか仕切りが入り、小さな石のようなものがかなりの数並べられている。

ヘルフリートは板の書類に目を通しながら、片手でその箱の中の石を操作し始めているようだ。

思わず目を奪われていると、兄が声をかけてきた。

「ん？　ルートはあれ、見たことがなかったか」

「ん」

「計算盤だ。あれがないと、少し桁が大きい数の計算ができない」

「は、あ……」

覗き込むと、書類に並ぶ三桁程度の数を合計していっているようだ。

——あれがないと、計算できない、のか。

よく訊くと。この国の誰もが、あの計算盤がないと大きな計算はできないらしい。

子どもは、初めて一桁から二桁の足し算引き算かけ算を覚える際、計算盤の操作で習う。

次の段階では、実際に盤を使わず頭の中でそれを思い浮かべて計算できる練習をする。

さらに桁が大きくなる段階でまた盤を使い、指を慣らして速い操作ができる練習を同時に進める。

どうも、僕が兄の計算練習を見学した際にはその『頭の中で』の段階だったので、この計算盤にはお目にかからなかったらしい。

そこそこ高価なもので、領地の領主邸にも一つしかない。ふだんは執務室でヘンリックが使用しているのだそうだ。

妙なカルチャーショックのような気分で目を離せないでいると、ヘルフリートが笑い顔を向けてきた。

「ご興味がありますか？　ルートルフ様の賢さならまったく使えないということもないでしょうけど、本格的にはまだちょっと難しいでしょうね。桁の繰り上がりなんか」

「ああ。隣の桁に指が届かないものな」

「大人でも一本指で操作する者がいるのですから、まったく無理ということはないでしょうけどね。しかし一本指操作は時間がかかって、まったく効率的ではないですから。初めて身につけるときに変な癖をつけたら後が大変ですから、ルートルフ様も今から無理はしない方がいいです」

「だな。俺もそう思うぞ、ルート」

「ん」

ヘルフリートと兄の親身な忠告に、素直に頷く。

確かに、今その盤の操作を身につけたいという気は、ない。

前から感じていたのだけれど、兄が『頭の中で』練習をしている計算なら、僕の暗算の方が速い。

疑問に思っていた点、今日ようやく分かったわけだが、兄や他の人たちは頭の中に計算盤を思い描き動かしている分の時間をかけていたらしい。

そこを、僕の頭は予め暗記していたように一瞬で結果を出すか、数字を縦に並べて書いた筆算を思い描いて計算する。そのどちらでも、計算盤を動かすより速く結果に至るようなのだ。

こうして羽根ペンで文字を書いてみるより以前に、石盤でなら覚束ない筆記をすることができていた。その際に筆算を試し書きしてみたこともあるのだけれど、暗算でできないものにしても、おそらく今あちらでヘルフリートがしているより同じ計算を速くこなせる気がする。手が頭の速さに追いつかない今でそうなのだから、筆記に慣れたらもっと速度は増すと思う。

そう考えると、僕にはこの計算盤というもの、まったく必要ない気がするのだ。

しかし、だからと言って。

前から考えていたように、僕はこの事実を誰にも話す気になれない。

最近は家人たちに僕の実態が知られたとは言え、この点については事情が少し変わる。

簡単に言えば、説明に窮するのだ。

おそらく、根本の常識が違いすぎる。

他のみんなが頭に盤を思い浮かべて基礎の計算を行っているらしいところを、僕の場合はすでに頭にインプットされているかのように結果が瞬時に浮かんでくる。これがどういう原理なのか、どうにか練習とかすれば他の人にも身につくものなのか、僕には分からない。

その瞬時に浮かぶ基礎計算がなければ、筆算もできない。だからまた、これを人に説明することができない。

少なくとも僕の中でこれらをもっと整理しない限り、人に話しても混乱させるだけになる結果しか思い浮かばないのだ。

――当分、保留、だ。

思って、僕は目の前の筆記板に目を戻した。


とりあえず書き上げた筆記板は、クラウスに清書してもらうよう回す。

間もなくミリッツァが昼寝から醒(さ)めたので、僕はそちらの相手に戻る。

床上でしばらく遊んでいると、父が降りてきた。ほとんど問答無用で、赤ん坊二人抱き上げられて、ソファで父の膝に収められていた。

そこそこ広い部屋で、テーブルを挟んで父と兄が向かい合って座る。少し離れて座った母とイズベルガ、ベティーナは編み物。テーブルの隅でヘルフリートが書類仕事。戸口の両側に護衛四人が立ち並ぶ。

何とも表現しがたい、おそらく貴族の家の中としても異例の状況なのだろうけど、警護上の理由でしばらく前から当家の領地ではお馴染(なじ)みの配置だ。

それでもそんな状況に慣れないヘルフリートは、さすがに手元の書類を片づけ始めている。

まだあくび混じりの眠そうな顔で、父は向かいの兄に問いかける。

「ウォルフはこの時間、何をしていたのだ」

「先にお話しした今回のいきさつの記録を、ルートと一緒にまとめていました」

「ふうむ」

微妙な顔で、父は頷く。

赤ん坊はもちろん、学院入学前の子どもが進んで行う作業だとは思えない、という疑問だろう。

しかし僕にとってこれは重要な手続きだし、何よりここのところ、家に籠もる退屈を紛らすものがない。

そんなことを兄が説明すると、父は目を瞬かせた。

「少し前は、二人で本を読んでいたようだが」

「この屋敷にある本は、読み尽くしてしまいました」

「まあ、それほど自慢できる蔵書数ではないが、全部か。ウォルフだけでなく、ルートルフも？」

「はい。一緒に読んでいましたから」

「……そうか」

いかにも「マジかよ」とでも言いたげな顔で、父は膝上の僕に目を落とす。

知らん顔で、僕はミリッツァと手の引っ張り合いに興じる。

――赤ん坊らしくなくて、ごめんなさい。

「子どもたちにはもっと身体を動かしてほしいが、この状況では限界があるものな。読書自体は悪いことではない。しかしもっと蔵書を増やしてやりたいが、これもなかなかすぐには叶(かな)わぬ」

「承知しております。王都でもなかなか手に入るものでないことは」

「王宮からでも、何か借りてくることなどできればいいのだが……」

父が横に視線を向けると、その先でヘルフリートは首を捻(ひね)った。

「執務領域には、専門的な書類しかありませんね。奥の王室書物庫は、当然王室関係者しか出入りできませんし。執務に必要な場合は許可を得て閲覧できるわけですが、お子様に読ませたいので貸し出し、ということが認められた例はないと思います」

「だな」

「本がそこそこ多いといえば貴族学院の図書室ですが、あそこも学生や関係者しか利用できません。我々のような卒業者なら閲覧はできますが、これも貸し出しはほぼ認められませんね」

「だったな。この冬からウォルフが入学した後なら、利用できるし貸し出しもかなり許可されることになるが」

「それは楽しみですが、領地にいるルートには読ませてあげられませんね」

「それはそうだな」

「本というものが高価で、よほど世に認められて写本されたものがある場合を除いてこの世に一冊しかない貴重なものなわけですから、仕方ないですがね。ウォルフ様たちのように向学心のあるお子様に、もっと開放される道があってもいい気はしますね」

『向学心』なんて大仰な言い回しをされると、家に籠もる間の退屈しのぎ、などということを主張しづらくなってしまうわけだけど。

それでも確かに、この国の図書事情はもう少し改善されてもいい気はしてくる。

言いながら、「そう言えば」とヘルフリートは少し口調を変えた。

「話を変えて申し訳ありませんが、昨日でしたか、少々腹立たしいというか、そんな話を耳にしまして」

「ほう、何だ」

「今回の病対策をいろいろ協議していた際、前回の流行時の記録がないかと、あちこちに問い合わせて空振りに終わりましたよね」

「そうだったな。これもなかなか由々しき問題だ」

「あのときは主に、医療関係者に問い合わせたわけですが。実は、別な方面でならそれらしい情報を抱えている者がいたということなのです。学院、というより大学で近代の歴史を研究している学者の中に。当時の行政担当者が私的記録目的で残した手記を知己を通して入手したとかで、行政側の対応についてそこそこ詳細に記述されていたそうです」

「何だと？」

「又聞きの話なわけですけどね、どうしてこれを現行政に伝えなかったのかと問われたその学者、『特に求められなかったから』と澄まして答えていたとか」

「何ということだ」

俯いて、父は額を掌で覆う。

目の前に来たその肘が僕の顔にぶつかりそうで、怖い。

「邪推すればその学者、出身が反王太子派閥の貴族の家らしく、裏の事情も考えられるわけですが」

「何とも……」

赤ん坊二人を揺すり上げ、父は大きく溜息をついた。

「貴族の派閥も学者のそれも、そうそうに変えられるものではないが。捨て置けば国の害悪になりかねぬな」

「御意、ですね」

「一男爵風情がいきり立っても、何の助けにもならぬだろうが……」

続けての、深い溜息。

僕の薄い髪を熱く濡らしてしまいそうな量だ。

話が暗い方に落ちていくのを案じてか、「ああ、そうでした」と、ヘルフリートはまた口調を改めた。

「たびたび話題を変えて申し訳ありませんが、ウォルフ様にお伝えすべきことがありましたね。ジーモンの件ですが」

「ああ、そうだったな」

「ジーモン？　先日から、トーフ作りのために近隣の村へ来ているんでしたね」

「ええ。それで、患者への栄養補給の必要も落ち着いたので、そろそろ領地へ戻していいのですけどね。王宮や他の領地からの要望があって、滞在を数日延ばさせています。滞在する村へ関係者を派遣して、トーフ作りの方法を伝授させたいと」

「ウォルフの意向を確認する暇なく、許可してしまったが、よかっただろうな。とりあえずは王都でトーフ作りの職人を養成して、他領へも伝えていきたいということだ」

「はい、そこは以前からの話通り、歓迎すべきことだと思います。すでにアドラー侯爵領とエルツベルガー侯爵領には伝えているわけですし。ただ、それほど早急に広めて、キマメの供給などは大丈夫なのでしょうか」

「それが、今回全国に打診してみると、意外と各領地で在庫を抱えているようなんですね。ご存知のようにキマメは兵の糧食用と領民の非常食用として何処でも認識されているので、言わば隠れ在庫のようなものを各地で抱えているようでして。我々としては寒冷地向け作物という先入観を持ちますが、けっこう南の温暖な地方でも栽培はできるようです。しかもこれもご存知のように、これまではあくまで非常用でふだんの食用には向かないという認識だったので、新年度の農作業が始まったこれからの季節には、へたすると邪魔物扱いで廃棄されかねないという」

「そうなのか」

「今回の件でどれだけキマメが必要になるか、見当もつきませんでしたからね。中央から各領地へ安く買い上げたいという呼びかけに、何処も『喜んで』とばかりに応じてきました。廃棄同然の品が少しでも金になり、しかも王宮に恩が売れるわけですからね。結果的に現在王都には、その残りがかなりの量積み上がっているわけです。中央としてはこれを有効活用したいし、各領地でも残った在庫の活用ができれば万々歳なわけです」

「なるほどなあ」

「この結果、ベルシュマン男爵とその子息ウォルフ様の評判は、ますます上がるばかりという状況ですね」

「今さら、迷惑というわけにもいかないしなあ」

溜息とともに、兄の視線がこちらに投げられてきた。

僕としては、妹を抱き寄せて知らんふりをするしかない。

翌日から、父は公務に戻った。

それから数日後、この家にとっては驚天の報せが持ち帰られた。

父が、個人として国王の謁見に呼ばれている。

その際、息子二人を同伴せよ、という指示だという。

「息子二人――ルートルフもですか？」

「そういうことのようだな」

帰宅して衣服も改めないまま、父は母と困惑の顔を見合わせていた。

呼び出し自体は、今回の病対策での働きについての嘉賞ではないかと想像がつく。

しかしそうした拝謁の際に、成人前の子息、しかも赤ん坊まで同伴の指示など、前例がないだろうということだ。

「まあおそらく――今回やこれまでの件にウォルフが関わっていると、噂でも陛下が耳にされた。それで、顔を見たいとか声をかけたいとかいうご意向なのではないかと思う。それこそ成人前の子どもを呼ぶのは異例なので、ついでにと言うか、息子二人とも揃えよという形でその目的を曖昧にされるということなのだろう」

「そう……ですか」

眉尻を下げて、母は背後のイズベルガを振り返っていた。

その二人の困惑は、少し後に理解された。

国王に拝謁、ということは当然、正装が必要だ。

一応兄には用意があるが、僕にそんなものがあるはずもない。

そもそも赤ん坊が拝謁した例など聞かないのだから、正装と言われてもどんな形をとるべきか、見当もつかないのだ。成人用の小型版にすべきか、赤ん坊特異のものがあるのか。

慌ててその後、宰相など他の貴族に探りを入れてみた。その結果は「それらしく見える格好ならいいのではないか」という、かなりいい加減な答えしか得られなかった。

貴族やその子息の正装は、白が基調になる。そこだけを外さずに小綺麗な格好を作ればいいのではないか、ということだ。

――他人事だと思って……。

前例主義がはびこる貴族社会に、その前例がないというのが腹立たしい。

まあそういうことなら開き直って、それらしいものをでっち上げさえすればいいのではないかと思う。

ベルシュマン男爵の貧乏さ加減は誰もが知るところなのだから、華美に完璧な装いを作り上げなくても、別に文句は出ないのではないか。

……と、僕としては思うのだけれど。

もちろん、母や使用人たちがそんなことで納得するはずもない。

五日程度しか猶予のない時間内でできるだけのものをと、血眼になって動き出している。

服装の件を除けば、僕としては気楽なものだ。

まだ生後一年と三ヶ月、なのだ。

拝謁の場に、父に抱かれて臨む。それだけ。

礼儀作法など気にする必要はないし、むしろそんな素振りを見せでもしたら、異様にすぎる問題だ。

極端なことを言えば、その場で機嫌を損ねて泣き叫ぼうが、お漏らしをして騒ぎを起こそうが、こっちの責任ではない。呼びつけた、あちらが悪い、と言える。

……まあ、後が怖いから、そうならないように努めるけど。

せいぜい、国王陛下のご尊顔や会場の佇(たたず)まいを見て、楽しんできたいと思っている。

一方で、兄は大変なことになっている。

当然、こんな重大な場への出席は初めてだ。

成人前とは言え、礼を失して笑って済まされるという年齢でもない。

すでに一通り仕込まれているとは言うものの礼儀作法をさらに完璧に覚え込むべく、クラウスらを教師に猛特訓が始まっている。

――ご苦労様。

まあ、将来的に身につけておかなければいけないもの、というのは確かだ。

頑張ってもらいたいと思う。

というわけで。

五日間の準備期間、僕以外の全員が大わらわになっていた。

僕としては、手も口も貸しようがない。

ただ、ミリッツァと邪魔にならないように隅で遊んでいるだけだ。

あ、同じく暇な人見つけた、とザムを仲間に引き入れる。

拝謁にはどれだけ時間がかかるか聞かされていないので、とりあえず少しは体力をつけておこうと、ザムに摑(つか)まってあんよの練習に努めておく。

いつも以上に僕と一緒の時間が増えて、ミリッツァはずっとご機嫌が続いている。

ただ、妹がお昼寝に入ると、僕にすることがなくなってしまう。いつもは兄と読書や勉強の時間なのだけど、相棒を奪われてしまっているので。

仕方がないので、クラウスとヘルフリートに頼んで、退屈しのぎの材料を手に入れた。

まあ別に今すぐ僕に必要があるわけではないけど、知っておいて損はない。王室とその周辺の情報だ。

二年前の王太子の成人の際に公表された情報の覚え書きを、クラウスに補充してもらった。

それによると。

現国王、シュヴァルツコップ三世、三十七歳。

正王妃、ハトゥモット。シェーンベルク公爵家長女。

第二妃、イルムガルト。エルツベルガー侯爵家長女（つまり、母の姉）。

他に、二人ほど妃(きさき)がいるらしい。

ハトゥモット王妃に男子が二人いたが、ともに死亡。

王太子、十七歳。イルムガルト妃の長子。

この他国王の子としては、少なくとも男子一人、女子一人、第三、四王妃の子がいるらしいが、まだ幼く、広くお披露目（ひろめ）されていない。

さらに、〇～二歳程度の子どもは死亡率が高いこともあって、平民でも公にされないことがままある。国王や貴族の子息の場合、さらに複数の夫人間の牽制（けんせい）や跡目争いなどの事情が絡んで、出生が秘匿されることは珍しくない。

つまり、前述以外の王子王女が秘（ひそ）かに後宮に存在しても、誰も驚かないということになるようだ。

なお、今回の父の拝謁は、国王の公式行事というわけではない。王が私的に関心を持ったため、という位置づけになるらしい。

謁見はそうした用途で使用される小さめの会場で行われ、王太子と宰相だけが同席する。

ちなみに宰相の名は、ウェーベルン公爵。父絡みの話で何度もこちらの話題に上っていたが、初めて名前を知った。

この国の公爵家は現在、ベルネット公爵、シェーンベルク公爵、ウェーベルン公爵の三家。いずれも元を辿（たど）ると王家の血筋で、何度も婚姻で縁を深めている。現ウェーベルン公爵も前国王の弟の子で、現国王の従弟（いとこ）に当たるようだ。

宰相は、名目的には国王の補佐だが、実質国政の要（かなめ）を担（にな）っている。

ただしこの国では各爵領の自治権が比較的強いので、平時は王都と王領の運営に目が向いているということが多いようだ。

それでも、その各爵領への指示、外交、軍事など、事実上ほとんどの国政の権限を持っている。

当然、直属の部下として爵位を持つ者が何人もついている。

それが、昨年末頃から異例に見えるほど、身分の低いベルシュマン男爵が重用されているかに見えて、いろいろ話題になっているらしい。

今回の疫病対策では、ほとんど宰相の副官扱いに見えて、違和感はなかったとか。

ただやはり、そうした非常時が過ぎてみると、かの男爵の立場は身分と不釣り合いに映る。

ヘルフリートの内緒話によると、今回の拝謁はそうした点で宰相から国王に働きかけたという理由もあるのではないかということだ。

つまり、政権内でのベルシュマン男爵の地位向上に繋がる申し渡し、場合によっては陞爵の断が下される可能性もある、と。

まあそのまま鵜呑みにできることでもないが、そんな噂が立つほど、今回の父の働きは周囲で高く評価されているということらしい。


とにもかくにも、拝謁前日までに、兄は作法特訓でへろへろになり。

イズベルガとヒルデは、赤ん坊の晴れ着作りでへとへとになり。

めでたく僕は、その成果を試着する恩恵に浴した。

ふつうの正装の形とは当然異なる、赤ん坊らしい柔らかい布で上下一体となった作りだ。

それでも貴族の決めごとに従い、見た目は白一色。成人の装いに似せて、襟元などに刺繍レースがふんだんにあしらわれている。

どうもこの刺繍が、侍女たちの奮闘の賜物らしい。これだけで確かに、かなり見た目は豪奢になっているようだ。

前例のない服装ということだが、これで文句のつくことはないのではないか。

そもそも五日前の告知で、常識的にそれから専門店に完全仕立てを依頼する時間の余裕はないし、超特急料金を支払う財政的余裕もない。

これにケチをつけるような者がいたら、赤ん坊特権で大泣き騒動を起こしてやろう、と心に決めた。

9 赤ん坊、王宮に入る

その日の朝。

いつもさながら、大猫にしゃぶり食べられる夢の中から意識を浮き上がらせた。

相も変わらず、左の肩にはむはむと食らいつく小さな口の感触が湿り広がっている。

窓板の隙間に、明るい朝日の筋が差し込んでいる。

変わらない、平和な朝の目覚めだ。

「お早うございまーす」

「はよ」

「今日は朝からいい天気ですよお。旦那様たちの晴れの日に、ぴったりです」

「ん」

こちらもご機嫌に入ってきたベティーナに、上掛けをめくられる。

抱き上げられたミリッツァはすぐに目を覚まして、よく眠れたしるしのきゃきゃ声を立てている。

僕の普段着への着替え。ミリッツァのおむつ替え。

さっぱりしたらしい妹は、ますます機嫌よく僕の膝にまとわりついてくる。

「ダメですよお、ミリッツァ様。今日は時間がないんですからあ」

「きゃきゃきゃきゃ」

笑いながらベティーナが腋(わき)をくすぐって抱き上げると、遊んでもらっているときの喜声でミリッツァはその胸にしがみついていた。

ベティーナの言う通り、時間の余裕はないはずだった。

王の拝謁に呼ばれたのは午前中の時間帯で、朝食を済ませた後、すぐ準備にかからなければならない。

先に起こされた兄は、いつになくすぐ着替えをしてもう階下へ向かったということだ。

「お貴族らしく上品に、急ぎましょうねえ」

「……ん」

なかなか難しいことを言いながら、ベティーナは両手に二人を抱いて部屋を出る。

廊下には、何か使命感に燃えた顔のザムが待っていた。

その背に二人で乗せられ、軽快な足どりで食堂へ運ばれる。


僕らとほぼ同時に両親も降りてきて、食事が始まった。

上座の父を挟んで、母と兄が向かい合う。

僕とミリッツァは兄と並んで、離乳食。ミリッツァにはベティーナが補助につくが、僕は自力でスプーンを動かす。数ヶ月ながら、年長の差だ。

いつになく兄の表情が硬いのは、今日の予定を思って、だけではない。

ずっと作法特訓を施してきたクラウスから「せっかくのお勉強が付け焼き刃に終わらないよう、

当日は朝から貴族にふさわしい心構えでいてください」と言い渡され、家人一同それに協力する態勢なのだ。

さっきのベティーナの発言も、そこから出たものだ。

向かいから息子のぎこちない動作を見てだろう、母がくすりと笑った。

「ウォルフ、そんなに緊張の顔を見せては貴族らしくありませんよ。何があっても澄ました表情を変えないものです」

「……難しいです」

「何事も経験ですね」

妻の視線を受けて、父は苦笑を浮かべる。

肩をすくめて、息子に笑いかけた。

「理想を言えばその通りだがな、今日のウォルフは、好きなだけ緊張してよいぞ。陛下も宰相閣下も、学院入学前の子弟の純真さを咎（とが）めるほど狭量ではない。むしろウォルフが父の分まで緊張を引き受けてくれれば、助かる」

「まあ、旦那様」

いつになくあからさまな表情で、母は笑う。

夫と息子の晴れの日が、やはり嬉（うれ）しいのだろう。

一方の父は、冗談めかして隠そうとしているようだが、やはり胸の中の張りつめを拭い去れないでいるようだ。

事実上王の面前が初体験の兄だけでなく、父も単独の拝謁は初めてなのだ。

少し顔の強ばりを緩めながら、兄はこちらへ横目を投げてきた。

「ルートはいいよな、呑気な様子で」

「ん。きんちょ、ひつようない」

「……羨ましい」

首を垂れる息子に、両親は声のない笑いをかけている。

実際、どう確認しても僕に緊張の理由はない。作法に気をつける必要もないし、どんな粗相をしようとも、非難する方が狭量だとされて当然の立場だ。

まあそれにしても、赤ん坊離れをした神経を所有しているのだから、本番が近づけば理屈抜きの感覚に襲われるのではないかとも案じていたのだけれど、今のところそんなこともない。

我ながらどうも、それなりに強靭な心臓を持ち合わせていたようだ。

本日のいちばんの課題は、イズベルガの力作である衣装をできるだけ汚さないこと、じゃないかと思っている。

何度かの溜息とともに上品に急ぐ食事中、兄は家人一同の温かい微笑に包まれていた。


食事や朝の日課を終えると、それぞれの部屋で正装への着替え。

兄にはヒルデが、僕にはイズベルガがついて、慎重に身なりを調える。

ベティーナは、部屋の隅でミリッツァを抱いて押さえるのが重要任務だ。

「ミリッツァ様、今日はもうルート様に抱きつくの、メッ、ですからねえ」

「あいあい」

「それにしてもルート様、素敵ですねえ。立派ですねえ」

「きゃきゃきゃ」

——赤ん坊の衣装に、立派もないんじゃないか？

ツッコミを入れたいところだけど、ベティーナのきらきらした瞳に、何も言えなかった。

言わなくてよかった、と再確認したのは、階下に降りてからだった。

「まああーー、ウォルフもルートルフも、素敵です。立派です」

こういうときの母は、ベティーナと語彙能力など変わらなくなってしまう。

兄も一瞬苦笑になりながら、大真面目な顔で服装チェックを受けていた。

「奥方は、夫を褒めてはくれぬのか」

「まあ。旦那様もご立派ですよ」

降りてきた父の軽口を受けて、母は陽気に笑い返す。

父も兄も舞踏会の日に正装を見ていたわけだが、今日はさらに襟回りの装飾などが増え、威容を増して見える。

細い指で襟の刺繍の形を直し、母は夫の腕をそっと撫でていた。

「三人とも、立派にお務めを果たしてきてくださいませ」

「うむ」

「はい」

「は」

大きく頷いて、父はイズベルガの腕から僕を受けとる。

謁見の前後には赤ん坊に世話役がついていっても不思議はない、むしろ貴族としてそれが当然ではないかという意見も出たのだが、父は自分で抱いていくと言い張ったのだ。貴族らしさより、息子とのスキンシップの方が大切なのだという。

王宮までは短い道のりだが、馬車に乗ることになっている。こんな正装で徒歩移動など、あり得ないのだ。

御者はヘルフリート、護衛のマティアス、ハラルドとテティスが脇に徒歩でつく。

道中は、すっかり活気を取り戻した街の様子を見ることができた。

道すがら両側はほとんどが貴族の邸宅で静かなものだが、王宮前広場には屋台も出て、大勢（おおぜい）の人の流れが見える。

建国祭の最終日が潰れた反動と病を克服した喜びで、しばらくお祝い気分が抜けないのだという。

王宮の門は、先日入ったときのものではなく、横手に回った。

というよりこちらの方が正式のところに近い、つまり格が高いらしい。もちろん外国の要人などのためにもっと正式の門はあるわけだけど、今日のベルシュマン男爵一行はいつもよりは少しよそ行き扱いになる、ということのようだ。

しっかり馬車の通れる大きさの開門を得て、厳格に飾られた戸口に横付けする。

明るい緑の絨毯（じゅうたん）が敷かれた通路を案内に先導されて歩き、奥の部屋に通される。そこそこ華美な応接室のような趣（おもむき）で、おそらく拝謁前の控え室ということになるのだろう。

父と兄は向かい合ってソファに腰を下ろす。僕は当然、父の膝の上。

ややしばらく待っているうち。

戸口に、ノックの音がした。

自然な動作で、ヘルフリートが応対に出る、が。

直後、「え?」と、その声が引きつって聞こえてきた。

「失礼する」

低く落ち着いた声に、反射的のように父が、続いて兄が、腰を上げていた。

入室してきた男性の顔を一瞬見るなり、父は床に片膝をつく。

同時に右手を胸に当てる、僕は初めて目にした高貴な方への礼だ。

「これは、王太子殿下」

「……え?」

ぽかんとしていた兄もわずかに遅れて、父に並んで動作を合わせる。

慌て気味の父の動作に膝と胸に挟まれ窒息しそうになりながら、僕は辛うじて視線を持ち上げることができた。

供を二人連れて歩み入ってきた水色の模様が入った正装の若い男は、やや悪戯っぽい笑みを湛えている。

「いや、顔を上げて。楽にしてください」

「いえ、その……」

「時間がないので、手早く用を済ましたいんだ。そこのウォルフ君の顔、それを謁見の間でさせるわけにはいかないから、無理を押してきたわけで」

指摘の通り、兄はまだわずかに持ち上げた目をまん丸に瞠ったままなのだ。

くすくす笑いの様子で、王太子は我々の前を横切る。

「椅子を借りてもいいかな」

「は、はい、もちろん」

「本当に時間がないのでね、ここは細かい手続きや儀礼は抜きにしましょう。あなたたちもそこに座ってください」

ソファに腰かけ、向かいを手で差し示す。

恐縮の態溢れんばかりのまま、父はぎこちなく指示に従う。兄も心ここにないような動きで、その隣に身を沈めた。

おどおどともたげる視線の先、まだ王太子は悪戯っぽく笑いを浮かべている。

兄の戸惑いも、無理ないことなのだ。

その対面にした若い男の顔、兄にも僕にも見覚えのあるものだったのだから。

「あの……」

「ウォルフ君には、その節はお世話になったね」

「――アルノルト、様、ですよね？」

「アルノルト王太子殿下だ、お名前は存じ上げているだろう」

たしなめる口調の父に。

王太子は苦笑を向けた。

「責めないであげてください、ベルシュマン卿。数ヶ月前、冬の終わり頃に私がお宅の領地を訪問した際の話をしているのです」

「は——殿下が、我が領地へ？」

「忍びで身分を明かさなかったのでね、そんな報告は上がっていないと思います」

「そう——だったのですか」

「身分は隠したけれど、あのときの話に嘘偽りはなかったのですよ。ベッセル先輩の論文を読んで、ベルシュマン男爵領の現状に興味を抑えられなくなって、お邪魔したわけで」

「はあ……」

「思った以上の成果を得られて、大満足の小旅行でした」

「いえ、その……その節は、ご無礼を」

「いやいや」

固く頭を下げる兄に、王太子はひらひらと手を振る。

その顔は、変わらず悪戯めかした笑みのままだ。

「多少の齟齬は、こちらが勝手に隠し事をしていたせいなのだから、気にしないで」

「は……い」

「そもそも我々には一応血の縁があるわけで、状況が許されていれば、もっと幼いうちから叔父上に遊んでもらったり、従弟と交流を持ったりしていても不思議はなかったわけだしね」

「はあ」

「それと隠し事とは言ってもね、あのとき私は、ほぼ嘘をついたということはないはずなのですよ。

ベッセル先輩の後輩で、現在も大学で研究をしているのは事実だし」

「そうなのですか」

「アルノルト・フイヴェールツと名乗ったはずだけどね、これは論文を書く際の筆名なので。著述家が取材先で筆名を名乗っても、別に嘘つきと呼ばれることはないよね」

「はあ……」

「あと際どいのは、あれかな。貧乏貴族の三男と自己紹介したと思う」

「そうでした」

「上に死亡した兄が二人いるのでね、私が三男だということにまちがいはない。それにこれは自虐的表現になるけど、現状のグートハイル王国が周辺国に比べて貧乏と卑下しても、ことさら嘘つきと責められることはないだろう」

「いや、それは……」

——それは少し、強弁でしょう。

僕は胸の内で言い返したけど。

同様の言葉を口にできないでいる兄を、殿下はくすくす笑いで見ている。

——絶対この人、確信犯だ。いや、語意の正誤際どいところで。

思わず、『記憶』の呟き(つぶや)を胸に染み渡らせてしまった。

そんな僕の頭のすぐ上に、「それにしても……」と父は鈍い呻き(うめ)を漏らしている。

「いえその、ベッセル先生の後輩の研究者が訪問されたということは確かに報告を受けておりますが、単身でいらしたと聞いています。まさか、王太子殿下があのような地へお一人で？」

「いや、護衛は三人連れていましたよ。男爵領に入ってからは離れて、林の中などに身を隠して移動させたけどね。隠密(おんみつ)行動が得意な者たちなので」

「そう——ですか」

「ああそう言えば、あのときの女性護衛、そこにいる、確かテティスと言ったね。彼女は遠くから監察する気配に気づいていたみたいだったね」

「は」

戸口脇に立っていたテティスが、背筋を硬くして頭を下げた。

「その節は、ご無礼をいたしました」

「いやいや、立派な護衛ぶりでした。うちの連中も、あの気配に気づかれるとは、と後から反省していたよ」

「は……恐縮です」

思い出した。あのとき、テティスは何か遠くからの気配に気づいていたようだったが、ザムに警戒の様子がないのでそれ以上追及しなかったのだ。

ザムは生き物の気配と同時に、相手の殺意や敵意を感知する。王太子の護衛に、それを感じなかったということだろう。

僕らの散歩の際にただ遠巻きに視線を向ける人間は、村の内外で珍しくない。

「それよりも卿、伝えておきたいのはね。あのときの訪問でいちばんの収穫は、ウォルフ君とベッセル先輩を交えた話し合いだったのですよ。ああ、そこの次男殿も一緒だったね」

「あ、はい」

「何よりもお宅のご子息の、領地と国の両方を見据えたビジョンで、国益に寄与することを優先していきたいという考えだね。学院入学前の若さでこれほどの見識と覚悟を持った貴族子弟を、私はこれまで見たことがない。将来が楽しみというか。末恐ろしいというか、だ」

「は、はい、恐縮です」

「順当な考えでいけば、将来私が王位を継ぐことになったら、傍で役立ってくれることを期待したい、というところだけどね。卿も承知している通り、そんな悠長なことを言ってられない状況になっている」

「は、あ……」

難しい顔で、父は頷く。

その横で半知半解というような顔に眉を寄せている兄に、王太子は笑いかけた。

「ウォルフ君はさすがに、そこまで詳しく聞いていないかな」

「はい……だと思います」

「簡単に言うと最近、某隣国からかなり理不尽に強硬な要求が入ってくるようになっていてね。さすがに軍事衝突まではそうそう至らないと思うが、貿易戦争と言えそうなものに巻き込まれる恐れがある。今の我が国の現状では、完膚なきまでやられて、何の不思議もない。国力増強と貿易に影響する産業振興の必要、待ったなしだと言えるんだ。それも、数ヶ月以内に」

「そう、なのですか」

「なのでね、卿。後から陛下からも話があると思うが、貴方とご子息の最近の功績を十分に認め、評価すると同時に、喫緊の課題へ向けて力を発揮してもらいたい。まだ若いとか、学院入学前なのにとか、そんなことを言っていられる状況じゃない」

「は……はい」

「力を貸してもらえるだろうね？」

「は。力の及びます限り」

「微力ながら、この身を賭しまして」

父に続いて、兄も頭を下げる。

満足そうに頷き、王太子はわずかに元の悪戯めかした笑みを戻した。

「その答えをもらえて、嬉しいよ。いいね、言質を取ったからね？」

王族らしからぬ砕けた口調は、この人本来のものなのかもしれない。

機嫌よさそうな様子で、気忙しげに腰を上げている。

「じゃあ、私はまだ準備があるのでね。もう少し待ってもらうと思うけど、謁見の間で会いましょう」

「は」

男爵親子が膝をつく前、若い王太子は揚々と退出していった。


残された父と兄は、すっかり疲れた様子でソファで脱力してしまっていた。

ずっと抱きかかえていた僕を、隣に下ろしてしまう。それほどに、父にとって衝撃と疲労の大きなひとときだったようだ。

二人がしばらく使い物にならないようなので、その傍らで一人、僕は今さらながらの知識を心中に再確認していた。

王家、貴族間の、呼称敬称についての豆知識。

『陛下』と呼ばれるのは、国王のみ。逆に言うと、国王を呼称する際には『陛下』だけでいい。『国王陛下』と言ってまちがいではないが、どちらかというとくどい言い回しということになる。

他の王族はすべて『殿下』をつけて呼ばれる。

これは他国では違うところもあるようだが、我が国では正妃にも『殿下』がつけられる。正式には『王妃殿下』となるらしい。

第二妃以下や、今はいないが王太子妃などになると、すべて『妃殿下』の呼称になる。

王太子は『王太子殿下』、その他の王子王女は名前に『殿下』をつけて呼ぶ。王女は『王女殿下』とする場合もある。

王族が貴族を呼ぶ場合、貴族間で呼び交わす場合、家名に『卿』をつけることが多い。公爵だけは特別に、これが『公』になる。

それより下の身分、我々などが貴族当主を呼ぶときには『閣下』をつけておけば、まずまちがいない。

まあこれらすべて、『陛下』以外はうるさいことを言わなければ『様』づけでもたいてい通用する。現代ではこの辺が緩み気味で、古くからの伝統にこだわる者たちの中には眉をひそめる傾向もあるらしいけど。

我々がたとえばエルツベルガー侯爵を呼ぶ場合、『エルツベルガー侯爵様』というのはどちらかというと平民風、『エルツベルガー侯爵閣下』という方が貴族子弟らしい、という感覚になるようだ。

そんな――くだらない、とは言わないが、僕にとっては緊急性のない益体もないことを思い巡らせているうち、両側の二人が生気を取り戻してきていた。

それでもまだ、大きな溜息をつきながら。

「父上――この後の拝謁も、こんな衝撃が待ち構えているのでしょうか……」

「こんな驚かせ、何度もあって堪るか。殿下も、謁見の間でウォルフを狼狽させるのはまずいから、と仰っていただろう。拝謁の場は、そんな予想外の出来事を起こすものではない。そんなことがたびたびあっては、陛下も臣下たちも身が保たぬわ」

「ですよねえ」

「ちーうえ、ぼくをおっことすのだけ、かんべん」

「当たり前だ」

「……ルートは気楽で、羨ましい……」

「ん」

えっへん、と小さな胸を張ってみせる。

苦笑いの顔を見合わせて、父と兄は少し気力を取り戻してきたようだ。

戸口近くで耳を澄ましていた様子のヘルフリートが、静かに声をかけてきた。

「そろそろかと存じます」

迎えと思しき足音が聞こえてきたのだろう。

ヘルフリートも護衛たちも、この後はこの部屋で待機ということになるらしい。

宮殿のこの先、大小の謁見の間などが並ぶ奥まりには、許可された者しか立ち入ることができない。もちろん王族用の護衛たちは潜んでいるのだろうけど。

かなり年輩の執事風の男性が現れて、男爵親子を招く。

その男の先導で緑色の絨毯の上を歩き、やがてかなり大きな飾られた扉の前に足が止まった。

「ベルシュマン男爵でございます」

男の声かけに、一瞬の間を置いて、静かに観音開きの扉が内向けに引かれ始める。

中は、謁見の間としては小型と聞いていた通り、それほど圧倒されるような大きさではない。三十人も押し込めばかなり窮屈になりそうな広さの床に、赤茶色の絨毯が敷き詰められている。

窓はなく、赤と紫を基調とした色合いの人物や動物を描いたらしい刺繍の壁布が、すべての壁を覆っている。

その中央奥、入口から十歩ほど進んだ先に、壮年の男性が椅子に腰かけている。

王冠などの改まった豪奢(ごうしゃ)な着飾りではないが、それでもかなり贅沢(ぜいたく)にあしらわれた白と紫の衣装、疑いなく国王と思われる。

その隣、向かって右側の椅子に、先ほど会ったアルノルト王太子が掛けている。

逆側、左隣の椅子に腰かける男性は、宰相だろう。

二歩ほど入ったところで、父は片膝をついた。

隣に、兄も動作を合わせる。

「ベルシュマン男爵、長子ウォルフ、次子ルートルフ、お召しにより罷(まか)り越しました」

「うむ」

父と兄は当然深く首(こうべ)を垂れるが、僕はそれに倣うのもおかしいので、遠慮なく上目を正面に向けさせてもらう。

父の挨拶に応えたのは、まちがいなく正面の、鼻下と顎に貫禄(かんろく)のある髭(ひげ)を湛えた、国王だった。

少し近づいたためよく見える、茶色がかった金色の髪と髭、紺色の瞳、まだ白髪も顔の皺(しわ)も窺(うかが)えない、働き盛りといった容貌だ。座姿で定かではないが、かなり長身で引き締まった肉づきのように見える。

「顔を上げよ。楽にしてよい」

「は」

やや背の力を緩めたように、父はわずかにだけ顔を持ち上げた。

床につけた片膝と、胸に当てた右手は、そのまま。

「楽に」と言われても、この程度に留(とど)めるのが仕来(しきた)りというものなのだろう。

「このたびの疫病対策の任におけるベルシュマン男爵の働き、真(まこと)に目覚ましいものであったと聞く。其方(そなた)の功により、何千何万の民の命が救われた」

「もったいなきお言葉にございます。宰相閣下を始め、関係者一同の功業にございますれば」

「其方の持ち寄った案が最も功を奏したと聞いているぞ。さもなければ、二十年前の悪夢の再来であったかもしれぬと」

穏やかな笑みを、国王はわずかに横に向ける。

確認を求められた形の宰相は、深く頷いた。

「あのままでは、前回に勝る対応は難しかったと思われます」

「うむ。関係した誰もが同じ意見と聞く。今回のベルシュマン男爵の功績は、計り知れぬ。相応に評価せねば、国政に連なる者たちの士気にも関わると」

「身にあまるお言葉でございます」

改めて、父の首が深く垂れる。

儀礼的とも思われる少しの間を置いて、宰相がやや柔らかみを帯びた声をかけてきた。

「ベルシュマン、正直なところ今回の件については、陛下や三公評議の中でも、頭を悩ませているのだよ。戦の功績などはいろいろ前例もありある程度基準もできているわけだが、こういった平時での目覚ましい功業についての基準といったものはまずないのでな」

「は」

「それでも、三公評議の中でかなりのところ意見の一致を見た。前回の病流行時には、万に及ぼうとする死者が出た。それが今回はベルシュマン男爵の指揮により、数十名に留まった。これは戦に当てはめれば、一万の敵軍を敗走させた指揮官に匹敵すると考えてよい」

「……は」

「実際のところ、近年我が国でそれほどの戦功を挙げた実例はないわけだがな。記録を遡れば、陞爵や増領に値すると考えて、無理はない。まだ決定として伝えることはできぬが、そうした方向で検討されている。本来であればそうした褒賞も未定のうちで尚早なわけだが、とりあえず陛下が言葉をかけたい、確かめたいこともある、ということで本日のこのような非公式なお召しになったのだ」

「は……」

宰相の説明が本音から出たことであれば、一応この謁見の意味も納得できる。

ただ――『確かめたいこと』という言葉が気になるわけだが。

「まあ、そういうことだ」

言って、国王がいくぶん緩めた表情をこちらに向けてきた。

「今も宰相からあったようにな、正式な賞美(しょうび)などといったものは後日改めて、ということになる。とりあえず本日は、余の方から労(ねぎら)いを伝えたかった」

「恐れ多いことにございます」

「なので、堅い話はこの程度にしたい。楽にして、顔を上げよ」

「は」

「噂(うわさ)に聞いて確かめたかったのだがな。このたびの病対策の案、そこな子息から出たという話は、真(まこと)か」

「は……その、仰せの通りにございます」

「ふむ……にわかに信じられぬほど、聡明(そうめい)な子息のようだな」

「は。もったいなきお言葉にございます」

一度上げかけていた頭を、父は再度深く下げる。

続いては、今までとは逆方向から声がかけられた。向かって右、アルノルト王太子だ。

「国の誇る医療関係者もかつて耳にしたことのない知識、対処方法と聞いたが。ウォルフ君、何処(どこ)かにそのような記録でも見つけたのかい」

「は……い。以前接した知識に、もしやすると今回に役立てられるのではないかというものが」

「ふうむ。ベルシュマン卿のご子息にそのような知識があったこと、重ね重ね我が国にとって幸運だったと思うべきだね」

「過分なお言葉にございます」

「そのような教養を、これからも国のために役立ててもらいたい」

「は」

父子が首を垂れているうち。

前の三人が、わずかに視線を横に送ったように見えた。

10 赤ん坊、拝謁する

その先、左手の部屋隅から、さっきの執事らしい男性が歩み出てくる。

父のすぐ脇まで来て、無言で木の板を差し出してくる。書かれた文字を読めということらしい。

父が受けとり、兄も覗き込む。

【背後に賊の襲撃あり。

直ちに、警戒すべし。】

――え？

「え？」

「え？」

慌てて、背後を振り返る。

今しがた入室してきた、豪奢な重い二枚の固く閉じられた扉。

しかし、そこに変わったものは見られない。

――はあ？

父と兄も、同じく。

狐につままれた、というのがふさわしい素の戻った呆然顔を、前に向き戻していた。

前方の三人は、何処か苦笑の混じった顔を交互に見交わしている。

無防備にぽかんと姿勢を戻した父に、国王はひとまず悪戯めかしたという表現が近い顔を向けてきた。

「そこに書かれたことは、とりあえず冗談だ。許せ」

「は、あ……」

父が手にしたままの板を、執事が丁寧な仕草で受けとり、また下がっていく。

空になった右手をどうするか少し迷った仕草の後、父はまた胸に当てる儀礼の形に戻す。

――いや、冗談って……。

僕の覚えた困惑は、父も同じなはずだ。

さっきからの会話の流れ、そんな諧謔の混じる余地のあるものではなかった、と思う。

国王がそんな場の空気を読まない悪戯好きだったとしたら、今の「冗談だ」発言にもっとはっきりした笑いが含まれていそうなものだ。

臣下をひっかけて楽しもうとする意図だったのなら、こちら父子三人とも見事に填まって情けない驚きぶりを演じてみせたことになるのだろうから。

――え、いや――。

父子三人？

妙な引っかかりを覚えて、前方三人の顔を見回す。

その注がれる、視線の向き――。

遅まきながら、今の一幕狂言の意味が、僕の頭に染みてきた。

——しまった……。

視線はそのままに、アルノルト王太子が口を開く。

「今の書板については冗談でまちがいないんですがね、ベルシュマン卿」

「はい」

「一つ、冗談では済まないことがあるんだ。正直に答えてもらえますか」

「は。何でしょうか」

若い王太子の視線がわずかに動き、こちら三人の顔をなぞる。

ぽかんと、父と兄はまだ意味が分からない様子だけれど。

「そこの、赤ん坊のルートルフ君——」

王太子の言葉に、初めて上座三人の視線の行方に気がついた、ようだ。

「文字が読めて意味を理解できているわけですね？」

「え?!」

「いや、その……」

「ここまで見事に、求めていた回答が得られるとまでは予想していなかったんですがね。今の書板を見て、真っ先に後ろを振り向いたのは、ルートルフ君だったのです」

「え……」

「これが、父や兄の動作を真似て、というならまだ話も分かる。しかしその父や兄に先んじて、真っ先に反応したのです。書かれた文字を読んで理解したとしか考えられない」

「……」

――ひっかかって、しまった……。

「なかなか信じがたいことだが、先日そちらの領地を訪問したときも、さっきあちらの部屋で話したときも、気になっていたのですよ。正面に座った、ルートルフ君の表情が。赤ん坊らしい無邪気な様子の中に、ときどきどうもこちらの話を理解しているのではないかとしか思えない反応が混じる」

「……」

「申し訳ないが試させてもらった今の一幕、そして今現在の卿とウォルフ君の表情からして、私の疑念に確証が得られたと思います」

「う……その……」

「どうなのですか、卿」

目を閉じて、約二呼吸。

見上げ、視線の合った父に、小さく頷(うなず)きを返す。

ふう、と父の口に長い息が漏れた。

「――殿下の、仰せの通り、です」

「そう」

「申し訳ございません。正直に話しても到底信じてはもらえないものと思い、外には秘密にしておりました」

「それは、無理のないところですね」

頷いて、王太子は父親の顔に目を転じた。

予め話を通じて予想していたことなのだろうが、それでも国王と宰相は「信じられない」とばかりに瞬きを忘れている。

ほお、と思い出したように息を吐き、高貴な目が僕の顔向きに戻った。

「それでは――真にその赤子、言葉を理解していると申すか」

数呼吸間の、沈黙。

諦め、意を決して、僕は首を縦に動かした。

「はい、へいか」

ひゅ、という音は、宰相の口から漏れたようだ。

「その、でも……くち、まわりゃず、ごぶれいを……」

「おお」王は、苦笑の顔で呻きを漏らす。「いや、無理をせず話しやすいようにで構わぬ。余とて、一歳児に無駄な儀礼を求めぬ」

「おそれいり……ましゅ……」

「無理せずともよい、と申すに」

苦笑を深めて、国王は父に目を移す。

「すると、ルートルフと申したか、その次男、つまりは赤子離れをした知能を有するというわけだな」

「は。ここなる長男と、同等に議論できる程度には」

「それほどにか。長男は、十一歳であったか。しかし年齢以上に聡明と聞くが」

「恐縮至極、に存じます」

「その十一歳と、同等とな」

「これは、ある意味奇跡と申せましょうな」

国王の歎声に、宰相が相鎚を返す。

唸り合う年長者たちにちらり目を送ってから、王太子はこちらに向き直ってきた。

「ご子息の奇跡的な聡明さには、私も賛辞を惜しまない。男爵家にとっても国にとっても喜ばしい限り、というわけですが。もう一つ、確かめたいことがあります」

「何でしょうか」

「卿、というより、ウォルフ君に尋ねた方がいいのかな。ここしばらくのベルシュマン男爵家から発祥している数々の情報だけれどね、そのほとんどはウォルフ君が何処からか知識を得た、たとえば天然酵母やゴロイモ、キマメの扱いなどは古文書から見つけた、と聞いている」

「……は」

「しかし私の調べた限り、同じようなことが記述されている古文書のようなものは、まったく見つけることができないのだよ。我が国の英知、知識を集めたはずの、大学の図書を調べ尽くしてもね。辛うじて、片隅に忘れられていた農民の記録に『キマメはもっと水に漬ければ食べやすくなるかもしれない』という記述を見つけた程度だ」

「……は」

「もちろん、同じ本があちこちにあるわけでもないのだから、中央にない知識の載った古文書がべルシュマン男爵家に所蔵されていた、という可能性はある。しかしベッセルに訊く限りで、男爵家の蔵書数はそれほど多いものではないそうではないか」

「……仰せの通り、です」

「それらから想像されるところでは、ウォルフ君はこれほどに領地や国に有益な知識を、偶然と言うかこれも奇跡的と言ってよさそうな方法で得たことになりそうだ」

「……」

「次男は赤子として奇跡的な聡明さを有している。長男は何処からか奇跡的な方法で知識を得ている。研究者の端くれである身として、これはなかなかに信じがたいことなのだよ。何と言うか、同じ家に信じられない奇跡が二つも起きるなど」

「……は」

「それよりは、さらに信じがたいような奇跡が一つ起きたんだという方が、まだ信じられると言える」

「は……」

返答に詰まって、兄は低頭をさらに深めている。

助けを請うようにその横目がちらりと流れ、父は一度目を閉じて息を整えた。

「その奇跡的な知識というのも、ルートルフ君から出たということではないのかな」

王太子の問い重ねには、その父の口から返答が出た。

「……殿下の仰せの通りでございます」

「なんと……」

「それは……」

王と宰相から、呻き声が漏れる。

言い出した王太子さえ、一度新たに深い呼吸をする間をとった。

「それがいちばん妥当な想像に思えるとは言え、実際肯定されるとやはり、信じがたいものだね。この小さな赤子の頭から、そのような知識が生まれてきていると？」

「殿下の仰せの通り、奇跡的としか思えませぬ。本人から打ち明けられてまだ私も理解しきれていないのですが、何でもたとえば、頭の中にことは異なる世界の図鑑のようなものがあるという感覚だそうで。目の前に実際ある事物とその図鑑のようなものの知識が幸運に合致すれば、うまい利用法のようなものに結びつく、ということのようです――曖昧な説明で、申し訳ありませぬ」

「……ふうむ」

軽く首を捻り、王太子は王と宰相の顔を見る。

三人とも要するに、分かったような分からないような、という表情だ。

うーん、と唸り、王太子はこちらに目を戻した。

「幸運に合致すればと言うが、この短期間での男爵領の復興ぶりを見ても、先日の病対策を見ても、それほど外れの無駄撃ちに終わることも多くはないようだね」

「それは……はい」

「これほどに、確かな実績がある。――陛下、私としてはこの奇跡に賭けてみる価値はあると思います」

「そうか」

深く頷き、国王は少しの間その目を閉じた。

それから向き直り、その視線が真っ直（まっす）ぐ父に向いてくる。

「ベルシュマン男爵、酷な申し渡しをすることになるが、分かるであろう。其方（そなた）も知るように、時の余裕はないのだ」

「……は」

「其方の次男ルートルフを、王宮に上げよ」

「う……」

「え……？」

父の返答詰まりも兄の問い返しも王の前で礼を失しているのかもしれないが、咎（とが）める者はいなかった。

今までになく顔をもたげて問いを発してよいものか逡巡（しゅんじゅん）する態（てい）の兄に、ただ感情を殺したような王の目が流れる。

「事が事だ。家族に状況の理解を得ずに強要するわけにもいかぬ。少し腹を割って話すことにしようではないか」

「ベルシュマン男爵、およびその子息、これは陛下の異例の心遣いである。外で他言などせぬように」

王の言葉に続く宰相の言い渡しに、父と兄は「は」と頭を下げる。

その礼を戻すときには、脇から何やら気配が聞こえてきた。

さっきの執事ともう一人の男が、そこそこ大きな椅子を二脚運んでくる。

正面の三名のものほどではないが、いかにも貴族仕様の外観だ。

「座って、楽にせよ」

宰相に促されて、父と兄は椅子に腰を下ろす。

僕は当然、父の膝の上。

居住まいを正して、まず発言は王太子から始まった。

「王命の重みは理解してもらえると思うが、今陛下からもあったように、家族の理解を脇に置いて事を進めるのも問題を残すからね。少なくともウォルフ君が状況を把握できるようには、説明をしておきたい。現在の我が国と周辺国の関係はさっきあちらで簡単に触れたが、それはいいね？」

「はい」

「某隣国が、経済戦争で我が国を潰しにかかろうとしている。ものすごく簡単に言ってしまうと、ここ数ヶ月のうちに、我が国が隣国から物を買わなくて済むようになるか、他国に大きく売り出すものを開発するかしないと、事実上国が立ちゆかなくなる状況だ」

「はい」

「つまりこれもものすごく単純に言ってしまうと、ここしばらくでベルシュマン男爵領で行ってきたような改革を、国家規模で行う必要があるということだ。もちろん宰相を中心に皆で必死に知恵を出し合っている現状だが、なかなかままならない。当然、そんな有益な知恵があるならとっくにこんな事態になる前から実現化を進めているはずだしね。しかもこの半月以上、例の病対策に時間をとられこちらは滞ってしまっていて、ますます時間が足りない。何か奇跡にすがりたくなる心情は、理解できるだろう？」

「はい。そこにルートルフの知識が必要ということなら、本人もその協力に否やはないと思います。しかし――」

「問題は今の『王宮に上げよ』という点だよね。これがおそらく、現状絶対必要なのだよ」

「え……」

「確認しておきたいのだが、ルートルフ君の知識を実現に移すためにはこれまでの例を見て、ある程度人の手と資材などを用意の上、実験、要するに試行錯誤のようなことが必要というわけだね。農作物などを目の前にすると即座に、まるで魔法のようにドンピシャリの活用法が出てくるというわけではない」

「それは、はい」

「今までは男爵家の人手やそこにあるものなどで、賄えたかもしれない。しかし今度はこれが国家規模になると、それ相応の人員や予算が必要になる。それを扱うのに、それなりの身分の人間が関わらなければならない。しかしたとえば宰相のような地位の人間がずっと行動を共にするわけにもいかないわけだが、離れていていちいちやりとりをする時間の無駄もとれない。そんなことを考慮すると、ルートルフ君にそれなりの身分を与えて人や予算をある程度自由に使えるようにすることが不可欠と言えるわけだ」

「はあ」

「そのための王宮入りだ」

「え、いやその……」

『それなりの身分』が何故即『王宮入り』に直結する？

当然、僕にとっても疑問でしかない。

兄の顔を見て、宰相が言葉を入れる。

「つまりなウォルフ、中央政治においてそれほどの役職に、成人前の貴族の子弟を就けた例はないのだ。それでは、下に人をつけても思うように動かぬ」

「……はあ。すると……」

「成人前でそれほどの地位に就いた前例は、王族しかない。だから、ルートルフを少なくとも王族に準ずる立場に置く必要がある」

「はあ」

「幸い一歳を過ぎたばかりの赤ん坊なわけだからな、陛下の公表されていないご子息だということでも、優秀な貴族の子息を養子にとることにしたでもよい。今すぐそう決定公表ということでなくとも、とにかくゆくゆくを見据えた立場を周りに知らしめるため、王子と同等の扱いで後宮に入れることが必要なのだ」

――わお。

どうかすると王宮に取り込まれるという可能性は考えていたが、露骨に『王子と同等』扱いとされるとは思わなかった。

「まあしかし、そのような公表を考えるのは本当に後々のことだ。当面はできるだけ公にするのは避け、貴族らからの疑問が大きく出てくるようならいつでも説明できるようにという処置だな。それ以上に重要なのは、ルートルフに王宮で仕事をしてもらうに当たって、自力歩行もそれほどできない身で通いは難しいし人目を引く、物理的に後宮で生活する方が移動が容易だということだ。それとさらに重要なこととして、ルートルフの身の安全を考える必要がある。ベルシュマン、聞くところではすでにルートルフは二度三度にわたって、誘拐されたり命を狙われたりしたことがあるそうだな」

「……は」

「ルートルフの存在が今まで以上に明らかになれば、その身はますます狙われることになる。隣国に連れ去られてそちらで知識が活用されるなど、考えたくもないぞ。しかしそれを思うと、爵領中最も兵備の脆弱なベルシュマン家では、あまりに心許ない」

「は」

「この意味でも、ルートルフを王宮に置くことは不可欠と考える」

ぐっと眉を寄せ、唇を噛みしめる。

父にとって、この場で王族や宰相に反論する気は毛頭ないだろうが、その中でも痛いところを衝かれたという面持ちだ。

僕が二度拐かされたことも、自領の兵備が弱いことも、否定しようのない事実なのだから。

長い付き合いなのだろう宰相は、わずかに痛ましいものを見る目つきをしてから、口元を引き締めて続けた。

「具体的には、ルートルフを後宮に住まわせて王子と同等の扱いとする。ほど近い執務棟に部屋を用意し、そこへ通わせる。ルートルフの発想を実現化するための補佐や配下の者を数名つける。まず着手するために、国の地理や産業に関する知識をつける必要があるのであろう？　そのための資料を揃えるし、王宮図書や貴族学院の図書室の閲覧も必要に応じてできるように取り計らう」

「補佐などがつくのですね」

確認のように、兄が頷く。

それに、宰相は「うむ」と首を縦に揺らす。

「それでは、私をその補佐に加えていただけませんか。ルートルフの意思を酌みとることには慣れております」

「その意味では任に適していると言えるかもしれぬが、できぬ」

「何故、ですか」

「先ほど申したように、そのような任に成人前の貴族の子弟を就けることはできぬ」

「そう……ですか」

まだ不承不承の様子ながら、兄は首を垂れた。

それを見て、王太子は小さな溜息をつき、苦笑顔を向けてくる。

「申し訳ないがね、ウォルフ君。いわゆるぶっちゃけた言い方をさせてもらうと、これをできるだけ早急に進めるために、必要なことなのだよ」

「急ぐためには、私が邪魔になるということでしょうか」

「能力や適性とは別の点で、だね。この件を迅速に進めるためには、全国の貴族たちの協力が不可欠だ。そのために、極力小さな疑念や不満も持たせたくない。ルートルフ君から出る発想が一部の領地や派閥の利益に偏ると思わせると、面倒極まりないんだ」

「ああ……」

「そのために、ルートルフ君の補佐等は宰相の周辺から取り立てるつもりだ。宰相が派閥的に中立の立場なのは、認知されているところだからね」

「は、理解しました。僭越を言い立てて、申し訳ございません」

「その意味でもたいへん心苦しいのだが、ルートルフ君には生家との関わりを極力遠ざけてもらう。ただ幼い身でそれを完全に絶つのも無理があるだろうから、週に一度程度は宰相への報告を兼ねてベルシュマン卿との面会の場は設けることにしよう」

ひく、と父の身に震えが走った。

――週に一度、ですか。

それを、大いに譲歩した、とばかりに言われてもなあ、と思う。

つまりのところ、当面なのか生きている間二度となのか知らないが、母にも兄にもミリッツァにも会えなくなる、ということらしい。

生後一年の身に、それを強いますか。

いや、通常の赤ん坊ならその前一年の記憶など引きずらず、難なく新しい環境に慣れていくということになるのかもしれないけど。

――この人たち、特殊と認識している一歳児を、都合よく解釈して扱おうとしていないか？

まあすでにこの三名の中ではすべて決定事項で、反論するだけ無駄だという気がするわけだが。

『心苦しい』とは口にしながら、どの顔にもその辺に関するためらいの片鱗も窺えない、気がする。

「とにかくルートルフ君に不自由はさせないので、卿もウォルフ君も、そこは心配しないでもらいたい」

「は」

結論づけるような王太子の言葉に、父は呻くような低声を返す。

国王と宰相は、小さく頷きの顔を見合わせている。

俯きながら、苦渋を隠せないでいる父の表情。

そのまま正面に向けたら、問題になりそうにも思える、が。

部下の様子をとりなすつもりだろう、宰相は隣に何度も小さく頷きを向けている。

「男爵の懸念は無理のないところですが、納得を得られたようです、陛下」

「問題ありません。卿には先ほど別室で、全面協力の誓いをもらっておりますし」

王太子も、軽い口調で父親に説明している。

かすかに、兄の頭が傾けられたが。

その点、僕には呆れと諦めを交えて回想されていた。

さっき「言質を取った」と悪戯めかせて王太子が確認したあの件。

あの内容を話すとき彼は、肝腎な部分で『ウォルフ君』ではなく『卿のご子息』という表現をしていたはずだ。『学院入学前の』という形容もつけていたか。

つまりあの時点から王太子は、すべてそれらが僕を指していたと強弁できる配慮をしていた。

今回の国家危機への対応のため僕を働かせることを、父からあのとき承諾を得たと言ってもいいことになる。

そもそも過日の領訪問時の言動で「嘘はついていない」と喜々として説明していた彼の言語感覚、

侮ってはいけなかったのだ。

「ではよいな、ベルシュマン。もう時間の余裕はない。三日後にルートルフに迎えを出すので、それまでに準備をせよ。とは言え、実際用意は何もいらぬ、身一つで王宮入りさせればよい」

「三日後……はい、承知いたしました」

三日後——ちょうど、七の月の初日だ。

宰相の言い渡しに、深く頷きを返す。

すでに父には、承服以外の道はない、のだろう。

国王相手のやりとりの決まり事など何も知らないわけだが、さっきの「王宮に上げよ」の一言で、おそらくすべて反論無用の決定なのだ。

それに異を唱えるなど、国家反逆レベルの暴挙ということになるのではないか。

つまりこの時点で、僕のベルシュマン男爵家での生活は『残り三日』ということが決定されたわけだ。

いくぶん満足げに一同を見回し、国王の視線が最後に僕の顔に止まった。

「ではよいな、頼むぞ、ルートルフ」

僕にとっても、他にとる道はない。

父や兄を苦しい立場に導くわけにはいかない。

精一杯、にっ、と赤ん坊の愛らしい笑みを作って。

「は。こうえいのいたり、に、ぞんじましゅ」

この瞬間、僕の三日後からの置かれる立場が、正式に決定した。

控え室に戻ると、椅子に腰を下ろそうともせず父は「帰るぞ」と従者たちに声をかけた。

全員が、その顔色に気がついただろう。特にヘルフリートは一瞬何か言いたげな様子を見せたが、すぐに主の命に従っていた。

短い馬車の道中、誰も口を開こうとはしなかった。

屋敷に入るや、ホールから猛速突進してくる影があった。

「るー、るー！」

ミリッツァを背に乗せた、ザムだ。

たちまち父の足元に駆け寄り、抱かれた僕の靴に小さな手が触れてくる。

半泣きに見えていた白い顔が、ぱあっと笑顔に変わる。

「るー、るー」

ぱたぱたと、僕の足が叩かれる。

わずかに苦笑の顔になって、父は僕をザムの背に下ろした。

いつものように胸前に背中から抱きしめてやると、きゃあきゃあとミリッツァは喜声を上げる。

ザムに乗っての行進は、短い間だけだった。

「お帰りなさいませ」と居間の前で迎える母に、「ああ」とだけ父は応え、すぐに両手に僕とミリッツァを抱き上げる。

「イレーネとクラウスは、このまますぐ執務室へ来てくれ。ウォルフとヘルフリートもだ」

「はい」

夫の顔色に感じるものがあったのだろう。母は、即座に頷きを返す。

父子三人とも、最高レベルの正装を解かないままだ。その手間も惜しんで話をしようというのは、よほどの事態だとすぐに気がついたようだ。

⓫ 赤ん坊、説明を受ける

執務室の応接ソファに、父と母が向かい合って座った。

僕は母に抱かれ、ミリッツァは父の膝の上、兄はその隣だ。

クラウスとヘルフリートは脇に並んで立つ。

前置き抜きで、父は謁見の間での出来事を淡々と語った。詳細は略しても大事な点は漏らさず、隠し事はなしの内容だ。

話が進むにつれ、母と使用人二人は顔を蒼白（そうはく）にして、瞬（まばた）きを忘れてしまっていた。

誰からも声はなく、ただミリッツァがだあだあと父の腕を叩（たた）く笑い声だけが室内に流れている。

「ルートルフを、王宮に、ですか？」

「ああ」

じりじりと抱く手に力が込められ、僕の顔は母の柔らかな胸元に押しつけられていた。

数度、その胸が荒い息に喘（あえ）ぎ、ひしと止められる。

それから少しの間を置き、ふうう、と静かに長い吐息が落とされた。

「……それは、たいへん名誉なことですね」

「母上？」

「わたしたちの子どもが、優秀さを認められて王族に取り立てられるのです。これに勝る名誉はありません」

「そんな……母上……」

信じられない言葉を聞いた、とばかりに兄は青ざめた顔で声を震わせた。

何度も息を呑み、喘ぎ。

「私たちの大切なルートルフを取り上げられるのですよ？　ルートはこの小さな身で、国のために働かされるというのですよ？」

「ウォルフ、大切な家族が離れる寂しさ悲しさは、当然あります。それでもわたしたちは、国のために役に立てる栄誉を喜ぶべきなのです」

「そんな……ルートは……」

「にいちゃ」

僕が声をかけると、ひく、と兄は言葉を切った。

にっこり笑いを向ける。その先で、ますます意外そうに目が瞠られる。

「おうぞくになれる。うれしい」

「え……」

「ぜいたく、できる」

「そん……」

「びんぼ、あきた」

「そんな……」

わなわなと口を震わせ。

ようやくのように、兄は声を絞り出す。

「ルートは、王宮に入るのが、嬉しいのか」

「ん」

「うちの暮らし、嫌だったのか」

「ん」

「そんな……」

「おうぞく、なれる。さいのうみとめられて、おおいばり」

「そうか……」

く、と兄は唇を引き結ぶ。

今まで見たこともない鋭い視線が、僕の顔を射貫く。

がば、と立ち上がり。

「分かった。勝手にしろ！」

大股の歩みで、兄は部屋を出ていった。

バタン、といつになく激しい扉の閉まる音。

ふう、と誰かが息を漏らし。

僕の顔は、改めて母の胸に押し埋められていた。

ゆっくり、父は使用人を振り返っている。

「そういうことだ。そのつもりで、準備を進めてくれ」

「はい」

「かしこまりました」

僕にとって初めての国王拝謁は恐ろしく長い時間をかけたように感じられたが、実際にはまだ昼食時間にもなっていなかった。

着替えを済ませ、昼食の後、父は使用人一同に今回の件を告げた。

とは言えここで伝えられたのは、「ルートルフがその才を認められ、王族待遇として取り立てられることになった」という事実だけだ。

当然、思いがけない報せに一同は驚愕の顔になる。

中で、イズベルガが真っ先に現実を取り戻した。

「それは、名誉なことで。おめでとうございます」

「おめでとうございます」

他の使用人たちも、口々にイズベルガに続いた。

それでも、ベティーナなどは見るからに驚嘆の硬直が解けないままだ。

僕の王宮入りは決定だが、正式な扱いとしては未定だ。

男爵家から養子として引きとられる形になるかもしれないし、公表されていなかった王の実子という発表になるかもしれない。

そのためこの件はまだ外部に秘密の扱いとせよ、と父から申し渡される。

幸いにと言うか、次男の生誕の事実さえまだ貴族間にお披露目されていないのだから、ほとんど噂にもならないだろう。

ただ、三日後に王宮から迎えが来るので、そのための準備を進めよ。

しかしそうは言っても、準備するものはほぼ何もない。生活に必要なものは、すべて王宮側で用意するということだ。

衣類などはこちらで誂えてもおそらく格式に合わず、無駄になるだけだろう。

玩具など僕の愛用品があれば持参は構わないと言われているが、そんなもの何もない。領地の屋敷にある玩具類は、今後ミリッツァとカーリンが喜んで使うだろう。

まさか、ミリッツァやザムを一緒に王宮へ連れていくわけにはいかないだろうし。

何だか半分狐につままれた様子のまま、使用人たちは仕事に戻っていく。


この日の昼食時、兄は部屋から出てこなかった。

母の指示でヒルデが食事を運んでいくと、一応ぞんざいながら受けとったらしい。

弟が家を出ることに衝撃を受けているのだろうとは誰もが理解できたので、皆ことさらに触れないようにしているようだ。

父は、午後から通常通り出勤していった。

話題にも出ていた通り喫緊の業務が詰まっているし、僕の王宮入りについてさらに細かく宰相と詰めておく必要がある。

夕食前に帰宅した父に、母とクラウスとともに呼ばれて僕は説明を受けた。

王宮入りした僕は、後宮に一室を与えられ、そこで寝起きすることになる。当然、世話をする侍女がつけられる。

現在の後宮は、最奥部に正妃が住み、それから順に第二妃以下の部屋、王子王女の部屋がある。おそらく僕の部屋は、最も手前付近になると思われる。宰相から話があった通り毎日そこから出て執務室に通う都合からも、そういう位置どりが効率的と言える。

後宮の管理は、事実上正妃が行っている。王の命が届かないというわけではないが、女子どもだけが住まう場所なので、それが現実的なのだ。正妃の管轄のもと、女官長が多数の侍女や警備職などを監督しているという形らしい。

僕の執務の上では、補佐として宰相の次男、配下の事務職として宰相が選んだ文官を就ける予定。どちらも中等学院を卒業して間もない十八歳の若者で、先輩の傍で執務見習い中の身分のようだ。

「見習いとは言ってももう一年以上の執務経験があって、王宮執務棟での動きには熟知しているはずだ。宰相ご次男のゲーオルク殿には私も何度か会ったことがあるが、しっかりした文官だ。王太子のご学友で、信頼が篤いと聞く」

「ん」

「あと身の回りの世話をする侍女については、こちらで慣れた者を連れていくのは構わない、という話だ。つまり、ベティーナをそのままつけてやることはできるわけだが、どうする？」

「んーー……」

考えて、僕は父と母の顔を見回す。

慣れ親しんでいるベティーナがずっと傍にいてくれるのは、僕にとって大変ありがたい。

しかし――。

母の眉がかすかにひそめられているところからして、僕の懸念が的外れということはなさそうだ。

「ほんにん、もたないんじゃ？」

「そうですね」静かに、母は頷(うなず)く。「こちらとは仕事内容や仕来(しきた)りなどがまるで異なるでしょうから、ベティーナが慣れるのは大変だと思います」

「やはり、そう思うか？」

「それに、王宮の侍女は貴族の子女や大商人の子どもが多いと聞きます。そういう格の上でも、ベティーナがその中に溶け込むのは難しいでしょう。本人はルートルフのためについていきたがるかもしれませんが、心身ともに保(も)たないのではないかと思われます」

「だろうな」

「ん。むり、させたくない」

「ルートルフが親しい者一人もいない環境で新しい生活を始めるというのが、心配で堪(たま)らないのですが」

「なんとかする」

「何とかするって、お前はこんなこと、初めての経験なのだろうに」

「あかんぼう、なれるのはやい」

「うーん……」

父はしきりと唸(うな)っているけど。

事実上、他にどうしようもないのだ。

「ルートルフ君に不自由はさせない」という王太子の言葉、王と宰相の同意がある。

僕を取り込む目的からしても、少なくとも生活の上で問題が生じるような扱いをされることはないと思われる。要は、こちらとの違いに僕が早期に慣れるかどうかだろう。

夕食時には、兄はようやく降りてきて食卓に着いていた。

しかし、僕の方は一切見ようとせず、誰とも言葉を交わさない。

父と母も、それに何も言おうとはしなかった。


侍女同伴可、という件については、それを聞いたベティーナがぜひにと希望を申し出たが、イズベルガと母に説得されて断念したらしい。

夕食後、僕とミリッツァの入浴の世話をしながら、未練げに訴えていた。

「こうしてルート様を洗って差し上げられるのも、今日と明後日で最後ですぅ」

「ん。これまで、ありがと」

「うう……」

顔をくしゃくしゃにしかけながら、ミリッツァのご機嫌顔を妨げないようにと、懸命に堪(こら)えている。

妹の柔らかな肌を、大切そうにそっと布で擦(こす)り立てる。そんな見慣れた腕まくりの子守りの仕草を、盥(たらい)の湯に浸(つ)かってぼんやり眺める。

ベティーナの言う通り、こんないつもの習慣も二日後、たぶんあと一回で終わりになるのだろう。

一般民衆はもっと回数が少ないらしいが、貴族の入浴はおよそ二〜三日に一度という頻度だ。

今も僕のすぐ横に置かれている、大人一人がゆったり足を伸ばせる大きさの湯船で全身を温め、お付きの者が髪や身体を洗う。

もちろん赤ん坊がそちらの浴槽に入ったら即溺死だろうから、僕らは専用の盥で湯に浸かるわけだ。

父や兄は付き人をつけずに一人で入浴しているようだけど、もっと格上の貴族は成人男性でも付き人の世話を受けるらしい。

何となく僕としては成長したら兄の例に倣うつもりでいたのだけれど、こんなところも王宮入りしたら向こうの習慣に合わせることになるのだろう、と思う。

「こちらではわたし一人でお二人のお世話をしてますけど、王宮ではルート様お一人に何人も人がつくんでしょうねえ」

「ん、たぶん」

「きゃきゃきゃきゃきゃ」

全身洗われたミリッツァが一緒に盥に入れられ、素肌を絡ませてくる。

ちゃんと温まれるようにそれを抱き押さえて、何とはなしに僕は苦笑になる。

「……そうぞうつかないけど」

「ルート様がお世話いらなくなるまで、おつきしたかったですう」

ぐ、と目の奥が熱く痛み出すのを覚えながら。

気を奮わせて、僕は子守りに笑い返す。

「おうぞくくらし、たのしみ」

「ルート様……」

「ぜいたく、できる」

「……う……そう、ですね。ルート様がいい暮らしできるの、お喜びします」

「ん」

夜は、なかなか寝つけなかった。この日、いろいろありすぎたのだ。

この家で過ごすのは、あと二日と少し。生活が一変する。

当然ながらその先に、不安は尽きない。

しばらく意味もなく、思い漂わせていた。

それでも赤ん坊の身、嫌でも眠りは訪れる。いつもとは違って正面からミリッツァを抱き寄せて温かみに浸っているうち、意識は薄れていたようだ。

眠りの中で、胸元やら顔面やら、いつになくあちこちに湿りが伝い染みていく感触を覚えた、気がする。

翌日、父は通常通りに王宮へ出勤。

兄は、食事以外部屋から出てこない。

母とイズベルガは僕の準備について相談したが、結局何もできることはないという結論になって、ふだん通りの裁縫仕事に耽(ふけ)っている。

いつの間にか一人で遊ぶことを覚えたらしいミリッツァは、ベティーナに見守られた床の上で鞠(まり)と戯れている。

本来なら兄と勉強か読書の時間ということになるのだが、僕はやることをなくしている。

思いついてまた、クラウスに筆記用の板を用意してもらった。

領地の産業について、まだ気になることがいくつも残っている。王都に来てから得た知識で、さらに思いつきも増えている。現地で経過を見守ることはできなくなるわけだが、とりあえず覚え書き程度には残しておこうと思うのだ。

現在ベルシュマン男爵領の小麦は春に種をまいて秋に収穫しているが、南方では秋に種をまいて春に収穫という方式が主流で、収量も多く品質も高いとされている。北方でもこの方式を導入する余地はある。雪の下でも生育できる可能性があるので、工夫を試みたい。

キマメの栽培法もまだ不明の部分が多く、工夫の余地がありそう。肥料の与えすぎ注意、水はけ、防虫などを試行錯誤したい。

炭焼きはまだまだ品質を上げることができると思う。領地の特産とできるようにしたい。

東の森に生息している次の植物は、他地域の産物と合わせて製品化の原料にできる可能性があるので、実態調査しておきたい。

…………

…………

……等々。

書いたものは、イズベルガに預けることにした。

領地に帰ってから兄とヘンリックに見せてほしいと頼むと、少し複雑な表情ながら、承諾してくれた。

書き忘れはないかとうんうん唸っていたせいで、この筆記に午前中いっぱいかかってしまった。

気がつくと、頭にも身体にもかなり疲労が溜まっているようだ。

身体は、自分がすっぽり乗ってしまいそうな大きさの板への筆記で、全身運動を余儀なくされたせい。

頭は、やはりこうした頭脳労働、赤ん坊の本来の能力を超えているせいではないかと思われる。

今日のこの程度で限界を超えるというほどではないが、ほどほどで休息を入れる必要を本能的に感じてくる。

――王宮では、これをフルに働かすことが求められるんだろうなあ。

今からでは遅いかもしれないけど、もう少し頭脳労働の持久力をつける慣れが必要、という気がする。

昼食の後は、ミリッツァと遊ぶことにした。

少し離れて床に座り込み、鞠を転がしてのキャッチボール。

わざと横手に外して転がしてやると、ミリッツァは勢いよくはいはいでそれを追っていく。両手で拾い上げて、きゃわーー、と歓声を上げる。

いつの間にか、はいはいの力強さと速度はかなりのものになっているようだ。

ベティーナの話では、立ち上がれるようになるのももうすぐだろうということだ。

そうした遊戯を二刻ほども続けているうち、ミリッツァの動きが鈍くなってきた。

瞼(まぶた)が重そうに落ちかけて、お昼寝の時間を迎えた合図だ。

ベッド代わりのソファに上げて、僕も隣に寄り添う。

いつもはミリッツァを寝かしつけるまでの、形ばかりの添い寝だけど。この日は僕も眠気を抑えられなくなってきた。

この意識に目覚めてしばらくしてから以降、昼寝の習慣は不要としてきたのだけれど、どうも午前中の作業の疲労が溜まっていたせいのようだ。

とろとろと、眠りに落ちていく。

目覚めると、少し離れて人の動き回る気配が続いていた。

開いた扉の向こう、玄関ホールで、護衛たちの剣の稽古か。

素振りの音に混じる気合いの声からして、兄とベティーナも加わっているようだ。

寝つく前と変わらず、ぴったり寄り添ってミリッツァが眠っている。

傍（かたわ）らのソファで、母とイズベルガが裁縫をしている。

いつもの、平和な午後の佇（たたず）まいだ。

こんな暖かな空気の中に揺蕩（たゆた）っていられるのも今日明日限り、と思うと、また鼻の奥がつんとしてきた。

眠り続けるミリッツァを妨げないように気をつけながら身の座りを直していると、母が顔を向けてきた。

「あ、ルートルフ、目が覚めたの？」

「……………ん」

「ちょうどよかった。ちょっとじっとしててね」

すぐ隣のソファから身を伸ばしてきて、手にしていた布を僕の胸元に宛（あ）がうのだ。

白く柔らかな生地が薄い水色の刺繍（ししゅう）で縁取られた、それは涎掛（よだれか）けらしい。

もうほとんど僕には不要の装備だが、赤ん坊の外観の常識を保つ意味で、毎日取り替え身につけているものだ。

「これくらいは王宮でも邪魔じゃないと思うの。何枚か新しく作っているから、持っていきなさいね」

「……ん、ありがと……」

「これくらいしかできないのが、母親として情けないんですけどねえ」

自嘲的に小さく笑って、裁縫の姿勢に戻っていく。

「ありがと」ともう一度呟(つぶや)きながら、僕はそれ以上何も言えなかった。

お昼寝をして、それなりに体力は回復した。ミリッツァはまだ目覚めそうにない。

そちらを起こさないように、そっとソファから滑り下りる。

クラウスに頼んで、また新たな筆記用の道具を用意してもらう。

ちょうど戻ってきたベティーナを呼んで、屋敷に所蔵している本を横に開いてもらう。

周りの様子を窺(うかが)いながら、そうして僕はふんふんと鼻歌交じりに必要箇所の書写を始めていた。

もしかすると他のものと組み合わせて使うことで有用かもしれない農作物や鉱物などを、書き出しておく。王宮の図書などを調べてうまく組み合わせる片割れが見つかれば、儲(もう)けものだと思うのだ。

少しして部屋に入ってきた兄が、面白くなさそうに僕の手元を睨(にら)みつけてきた。

「……楽しそうだな」

「ん。おうきゅうのしごとに、やくだてる。たのしみ」

「ふん」

そのまま、がつがつと乱暴な足音を立てて出ていってしまった。

そちらを見ずに、僕は鼻歌交じりの作業を続ける。

ふと目を上げると、何処(どこ)か心配そうなベティーナの顔があった。

「おうきゅうではたらく、たのしみ」

「そう、ですか……」

「くにのやくにたてる、おおいばり」

「はい」

ふんふんと、鼻歌。

同室の他の人たちからは、声も物音も返ってこない。

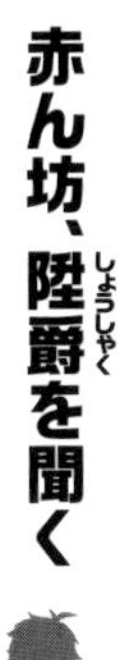

12 赤ん坊、陞爵を聞く

夕方帰宅した父からは、また王宮絡みの続きの情報があった。

騎士団長から面会があり、僕に関して問い合わせられたという。

「ルートルフに関する情報は王族と三公爵までに留めて、なるべく広がらないようにしていたんだけどな。騎士団長たるアドラー侯爵も、何処からか聞きつけたらしい。人一倍国防に熱心な方だから、話を通しておけば情報漏洩の懸念はまずないが」

「ん」

「そういうことなら王宮警備にさらに念を入れておかなければ、という確認とだな。ふだんは騎士団を率いていて、非常時には国軍全体の指揮を執る御仁だから、当然軍事に関する関心が高い。ルートルフにそうした知識があるなら、相談したいということだ」

「ん」

「現在懸念の件は、隣国と比べて我が国の軍事力に不安を拭えないという点も、一因だからな。陛下や王太子殿下、宰相もその点では同意だ。そちらに知恵が出せるならぜひとも、という仰せなんだが――そういう方向で使えそうな知識は、あるのか？」

「ある、かも」

「まあ他のことと同様、実状に照らし合わせてうまく合致すれば、ということになるんだろうな。宰相も認めておられるし、何か思いついたらということでいい、そちらも気にしておいてほしいということだ」

「ん」

「正直なところを言えば、まだ幼いルートルフに、そんな血生臭い方面のことを考えてほしくはないんだがなあ」

「しかたない」

母の胸にもたれて、向かいの父に頷き返す。

真上で見えていないが、母の顔も同じような曇りを見せているのだろう。

今日は共に呼ばれて母の隣に座る兄も、こちらを見ようとしないが沈んだ横顔だ。

「あと、本来ならこちらの方が大きな報せなわけだが。我が家の陞爵と増領が決定されたという内示があった。来週頃には正式発表され、私は子爵となり、元のディミタル男爵領のすべてが領地に加えられる」

「まあ……おめでとうございます」

「おめでとうございます、父上」

「めでと……じゃましゅ」

家族の祝福にわずかに笑顔になり、すぐに父のそれは苦笑のようになっていた。

小さく溜息をつき、首を振り。

「早晩中途半端な情報が回って、ベルシュマンは息子を売って陞爵を果たした、と噂されることになるだろうな」

「そんな――父上！」

「気にしても仕方ない。貴族社会とは、そうしたものだ」

「しかし……」

「気にしている暇などまったくない。東ヴィンクラー村の現状把握も不十分なうちに、さらにその倍以上の領地が増えるのだ。ウォルフとヘンリック親子には、今まで以上に奮励してもらわねばならぬ。使用人も増やさねばならないが、すぐというわけにはいかぬしな」

「それは、はい」

「本来面倒でしかないのだが、陞爵にあたってはしばらく貴族社会での付き合いが活発になって、私は身動きがとれなくなる。新しい領地の把握には、またヘルフリートに動いてもらうしかないだろうな。ウォルフにはそちらに目を向けていてほしい」

「はい」

「発表後には貴族たちを招いて祝賀会を催さねばならぬし、イレーネもしばらくは領地へ帰ることが叶わぬな」

「承知しております」

その辺はすべて、僕がこの家を出てからの話だ。

僕の参加は何処まで可能なのか。王宮から要求されている事案の待ったなし度合いからして、ほとんど望みは薄い気がする。

両親と兄の話し合いも、特に言及はされないが、僕がいない前提でのようだ。

「まあすべて、正式発表までは大っぴらに動けぬことだがな。とりあえず明日は、ルートルフの出立とこの慶事で、内々の宴（うたげ）ということにしよう」

「承知しました」

僕の件については皆が微妙な受け止めだが、ともかく使用人たちに向けては『めでたいこと』という扱いにせざるを得ない。

この陛爵の内示を受けて、内輪では一緒にしてめでたく祝う口実ができたということになるのだろう。

とりあえずは簡略ながら祝いの膳を用意して、よほど特別なときしか行わない、領主一家と使用人たち一同で卓を囲む形をとろう、という話になっている。


明日――は、僕が終日この屋敷で過ごす最後の日だ。

六の月の五の土の日。王宮の勤めが原則休みで、父は家にいることになっている。

内祝いの宴を決めたので、母はヒルデやクラウスに指示をしている。使用人たちは一日、その準備に大わらわということになるようだ。

やはり僕には特段することもなく、ミリッツァと床に就いた。妙に落ち着かず、この夜も妹を胸に抱きしめてようよう眠りに落ちていく。

長々と、どよどよとした夢に絡まれた。何も、判然としたものがない。いや、単に目覚めたときに記憶に留まらなかっただけかもしれない、けど。

目が覚めたのは、まだ暗闇の中。わずかにぼんやりとした灯（あか）りを横に、ベティーナが顔を布で拭ってくれていた。

「ん……？」

「あ、お目覚めですかあ？」同床の妹を気遣ってだろう、子守りはひそめた声を落としてくる。「何だかルート様、うなされたみたいになってましたよお」

「そ……」

胸にひっつくミリッツァは、すうすうと穏やかな寝息を続けている。

小さなランプをテーブルに置いて覗き込むこの子守りは、真夜中に僕の異状を聞きつけてきたらしい。

顔を拭ってくれている、というのは、涙が滲み出ていたせいか。

そのままぽんぽんと、ベティーナは掛け布団の上を叩いてくる。

「何も怖いことないですよお。朝まで、おやすみなさい」

「ん……」

「ルート様、いい子。ミリッツァ様もいい子ですう」

静かな、ハミング。優しい、小さな手の調子。

生まれてから一年と三ヶ月。数えたこともないけど、このぽんぽん奉仕は幾度となく受けてきたはずだ。

手慣れた絶妙の加減のリズムに安心して、僕の意識はすぐに揺蕩い始めていた。

次に目覚めた、ときも夜中と変わらないことに、ちょっと驚いた。

ベティーナが、顔を拭いてくれている。

室内は、もう明るい。いつもの朝の起床とそれほど違いはないだろう。

まさかベティーナはずっとついていてくれたのか、と疑ってみたけれど、テーブルにランプがないところを見ると、改めて朝やってきたということらしい。

見直すと、まだ幼い子守りの顔は、半べそになりかけている。

「ルート様……」

「ん？」

「赤ちゃんは、もっと泣いたりわがまま言ったり、していいと思います！」

「ん？」

「ルート様が『王宮楽しみ』って言ってご機嫌を装っているの、みんな気がついてます。心の中では泣いていて、昨日も今日も、寝ながら涙零して……」

――ありゃ。

今日だけじゃなく、前の夜も、だったか。秘かにベティーナが拭ってくれていたらしい。

さすがに二夜続いて我慢できなくなったようで、今にも涙を落としそうな顔に唇を震わせている。

「ウォルフ様だって、ルート様に怒ってるんじゃないですよ。ルート様が家に未練残さないようにするんだって。怒ってるとしたら、何もできない自分が歯がゆいんだって、言ってらっしゃいました」

「ん」

――知ってた。

「お二人とも、そこまで我慢することないと思います！　子どもなんだから、もっと――」

「べてぃな」

「はい？」

「おとこのこ、いじはる」

「は……い」

「よわね、きがちゅかないふりする。それが、いいおんな」

「はあ……」

「みないふり、しなさい」

「……はい」

ずり、と寝返りを打って。ベッドの縁に身を起こす。

着替えを持ち出して、ベティーナは寝間着を脱がせてくれる。

「きょう、おいわいのひ」

「はい、そうですね」

「わらってすごす」

「ルート様……」

間もなく、ミリッツァも目を覚まして。ご機嫌な笑い声で一気に室内が明るくなった。

いつもの、変哲もない朝の日課に入る。

朝食後から、使用人たちは宴の支度に動き回る。

執事の指示で、女性陣、料理人たちは総出の態勢だ。

残された主人一家とヘルフリート、護衛たちは居間に固まることになった。

母はいつものイズベルガを隣にしていないが、変わりなく裁縫。

兄はベティーナの代わりを引き受けて、床に座り込んでミリッツァを遊ばせている。

父は僕を膝に乗せ、ソファに落ち着く。横手の椅子にヘルフリートを招いて、仕事の話。新領地についてとりあえずの調査結果を聞くという。

結果的に、兄と僕もご相伴に与(あずか)って情報を得ることになる。

旧ディミタル男爵領は南北に細長く、大まかに『北』『中央』『南』の三地域に区分されていた。『北』地域がすでにベルシュマン男爵領に組み入れられている東ヴィンクラー村だ。

『南』地域の南端でも隣のエルツベルガー侯爵領の領都ツェンダーより北にあり、もともとの我がベルシュマン男爵領に次ぐ北の果てといった位置どりになっている。

『中央』が言わば領都に当たるわけだが、豪華な領主邸の他にはほとんど周りに際だった建物もなく、ほぼ農地だけが広がっている。『北』と『南』は完全に農村だ。

すでに把握しているように東ヴィンクラー村の人口は三百人余りだが、残りの『中央』と『南』でも合わせても千人に満たない程度らしい。とは言えこれで、ベルシュマン男爵領改め子爵領の人口は千五百人程度、現在の三倍近くに増えることになる。その前、今年初めまでと比べると、七倍以上だ。

主要な農産物は小麦だが、以前から話題になっていたように収穫量は頭打ち。国税に充当するのがやっとという状況だ。その他に目立った産物はなく、自家用に細々と葉物野菜を栽培している程度という。つまりは「金になるのは白小麦だけ」という考えの領主に尻を叩かれて、その増産だけに躍起になっていたということらしい。

あと、『北』ではこちらの西ヴィンクラー村と同様に、白小麦の畑に嫌でも黒小麦が混じってくる状態。この黒小麦が、『中央』『南』と南下するにつれて、ナガムギと呼ばれる別種の穀物に取って代わられていく。王都などではあまり歓迎されない作物だが、粥などにすると黒小麦より食いでがあるので、『中央』『南』では『北』より貧窮して餓死者を出す度合いは少なかったようだ。

この春には『中央』『南』は王領の一部に組み入れられて農作業をスタートしたわけだが、とりたてて例年と変わったことはしていない。かなり負担になっていた領税の分が緩和されて、農民たちはわずかに安堵している現状らしい。

「この春の植えつけには間に合わなかったわけですが、東西ヴィンクラー村で試みているような輪作を導入すれば、これらの地域でも白小麦の収穫量の改善が見込めるかもしれません。それ以上に、他の作物で収入を増やすことは可能と思われます」

「ふむ。東ヴィンクラー村では、白小麦にゴロイモ、キマメ、アマカブを組み合わせて輪作にすることにしたんだったな」

「はい、それと同様のことが可能かどうか、ですね。少なくともこれらのうち、アマカブは今のままでは北方でしか栽培できない可能性があります。キマメは、他の領地での実態を見る限り、かなり南方でも栽培できそうです。ゴロイモは、試してみなければ何とも言えませんね。アマカブも含めて、工夫次第で何とかなるかもしれませんし」

「うむ。数年見なければならないかもしれぬが、試してみる価値はあるか」

「御意、ですね。あと、『南』地域の一部で水の便が悪い問題があるようで、手当が必要かもしれません」

「何にしろ、金がかかることになりそうだな」

ヘルフリートの報告に、父は思い切り渋面を作っている。

膝に抱いた僕のお腹（なか）を数回ぽんぽんと叩いて、考え込む。

「他に気になるのは、何と言うか、領民感情の問題だな。この短い期間でディミタル男爵領から王領となり、またいきなりベルシュマン子爵領に組み入れられるわけだ。落ち着かない、鬱憤（うっぷん）のようなものが溜（た）まっている可能性がある。あるいはもしかすると、ベルシュマンが元の領主を追い出して領地を乗っ取った、というふうに捉える向きもあるかもしれぬ」

「その辺は、少し探りを入れた限りではあまり心配なさそうです。元の領主を惜しむ声はほとんど聞こえてきません。むしろ、東ヴィンクラー村で製糖工場が稼働して潤いをもたらし始めているという噂が伝わって羨ましく思っている、同じような恩恵を受けたいという感情がけっこうあるようです。子爵領へ編入が発表されたら、まずは新領主への期待の方が強くなりそうです」

「期待が強すぎるのも、考えものだがな。言い換えると、製糖工場に匹敵するものをもたらさないと、その期待に応えられないということにならないか」

「それは、そうかもしれませんね」

「今のアマカブの生育状況だと、製糖工場を増やすのは無理なんじゃないのか？」

ミリッツァの隣から振り向いて、兄が声をかけてきた。

それに、ヘルフリートは眉を寄せて頷き返す。

「ですね。今年アマカブの栽培面積を増やしている分がうまくいったとしても、他の地域まで工場を拡大するのはまだ難しいでしょう。『中央』や『南』で何か新しい作物を増やすにしても、今年中に結果を出す、というわけにはいきませんし。やはり数年見てもらわなければなりませんね」

「だろうなあ。しかしアマカブ製糖があまりにも早々に結果を出してしまったので、それに比べると不満が出ることになるかもしれないな」

「それはしかし、仕方ありませんな」

首を振って、ヘルフリートは目の前に広げた書板を集め整えている。報告は終わりらしい。

父と兄は、ちらり顔を見合わせていた。

「まあその『中央』と『南』については、収入を増やせる作物を慎重に見極めていこう。少し前のこちらと違って、放っておくと餓死者が大量に出そう、という状態ではない。以前より領税を緩和することで、とりあえず勤労意欲は維持していけるであろう」

「そうですね」

「さすがに、領税をとらないわけにもいかぬ。その辺、どう見極めていくかだな。こちらへの編入が決まり次第、早々に将来的な方針を打ち出していかなければ」

「私も、考えさせてもらいます」

親子で話している間に。

僕は、少し緩んだ父の腕から身を乗り出して、テーブルの上の本を引き寄せた。何度も兄と読んでいた、植物図鑑だ。

それを見て、ヘルフリートが板の本を開くのに手を貸してくれる。

「何か気になることがあるのですか、ルートルフ様？」

「ん」

「何でしょう」

「ながむぎ、どんなの？」

「ああ、この図鑑にもありましたね」

頷いて、該当ページを探してくれる。

何度か読んで、僕の記憶にも概略は残っていた。

見た目は小麦と似ていて、穂が実った後の毛のようなものが長い。

見た目は似ているわけだが——。

「ナガムギは小麦と違って、パンにしても美味くないんです。バリバリに硬くなってひび割れたりしてしまう。天然酵母を試した者もいるみたいなんですが、さっぱり膨らまなかったらしい」

「ふうん」

「だから、食べ方としてはもっぱら粥にするんですがね。これが、時間がかかるし、美味く作るのにコツがいる。失敗して生煮えだったりダマになったりした粥は、美味くない料理の喩えに使われるぐらいなんです。王都の下級貴族や商人なんかの間では、貧乏暮らしの喩えにもなっていますね。『ナガムギの粥を啜る生活には戻りたくない』って感じで。それでも、他に食うものがないときにはそこそこ腹保ちがする、ありがたい食品とも言えるわけですが」

「ふうん」

「そのナガムギが、どうかしたんですか」

「むして、ちゅぶして、かわかす」

「はい？」

「そうしとくと、にえやすくなる、かも」

「そうなんですか？」

「うまくしゅれば」

「それ、詳しく教えてください！」

慌てて、ヘルフリートはメモをとり始める。

横では、またぽかんと兄が父と顔を見合わせていた。

「例によって、ルートの知識がその現物とうまく合っていれば、ということだな」

「ん」

「しかしルートルフ、そうするとその蒸して潰したナガムギが、王都向けの商品になるかもしれないということか？」

「うまくしゅれば」

「確かに旦那様、ナガムギをうまく煮て、うまく味つけをして、そこそこ立派な料理にしたという例は聞いたことがあるんです。よほどの技量が必要なのと、ナガムギ自体の流通が少ないという理由で、広がりは見せていませんが」

「その、煮るという部分の技量のハードルが低くなれば、普及する可能性はあるわけだな？」

「はい」

「父上、現物を取り寄せれば、すぐにもまたここで実験ができると思います」

「うむ。やってみよう。うまくすれば、今年のうちにも『中央』や『南』で多少の収入の足しになるかもしれぬ」

三人は興奮して、今後の打ち合わせを始めている。

少し離れて、母がにこにことこちらを眺めている。

打ち合わせが落ち着いてきたところで、僕は続けた。

「あと、もひとつ」

「何ですか？」

「めをだしたながむぎで、みずあめ、つくれるかも」

「何ですか、ミズアメって？」

「どろりとして、あまい」

「はい？」

「そんなしょうひん、ない？」

「思い当たらないですねえ。蜂蜜とは違うんでしょう？」

「ちかいけど、ちがう」

「甘いって、ルートそれ、砂糖の代わりになるってことか？」

「ちがうけど、ちかい」

「それでも、甘いというものなら、売り物になるのではないか。ルートルフ、それはナガムギだけでできるものなのか？」

「うまくしゅれば。ながむぎと、ごろいもで」

「教えてください！」

これも勢い込んで、ヘルフリートは僕の説明を記録していく。

それこそ僕の『記憶』と現実のものがうまく合致しなければ空振りに終わる話で、本来なら一つずつ実験で確かめながら小出しにしていきたい知識なのだけれど。僕がここで話せるのは今日が最後で、あとはなかなか連絡がとれない状況になるはずなのだから、外れ覚悟で必要なものは出しておくしかないのだ。

だから「めをだしたながむぎで、さけをつくれるかも」まで、話を出しておく。

ただし、これは一朝一夕にはいかないはずなので、長期的な取り組みを考えてほしい、ともつけ加えて。


昼食後、兄は父やヘルフリートと領地経営の相談を続けている。

それと交代する形で、僕はミリッツァとザムと遊ぶ時間をとった。

ミリッツァを背に乗せたザムのお尻に摑まったり放したりしながら、玄関ホールを回る。最近では、自力で半刻程度は歩くことができるようになっている。もし王宮の中で一人迷子になったとしても、何処かに辿り着くことはできるのではないかと思われる。

ザムが大好きなミリッツァの、歌うような喜声を聞きながら。

今夜は家人たちとお別れの宴になる予定、だけれど。ここのところずっと一緒のこの一人と一匹とは、ちゃんとした別離の言葉を交わすことはできないんだな、とぼんやり思い流す。

本当にぼんやり、思考に浮かべたり沈めたり、するしかないのだ。考えても、もうどうしようもないことなのだから。

明日僕がこの家を去ったあと、彼らがどういった反応を見せるのか。正直、それを見ずに済むはずの境遇を幸いと思ってしまう。

家を出るその際は、このところ慣れた出来事として平静に見送ってくれそうだ。しかしその後時間が経って、僕が戻らないと知ったあとは。

ミリッツァはばたばた這い回り、僕を探して泣き呼ばわるのだろうか。どれだけ泣いて、諦めを受け入れるものか。

ザムは――予想もつかない。静かにその現実を受け入れるのか。落ち着かず僕を捜し回るのか。もっと苛立ちを見せ始めるのか。

どちらにしても、兄やベティーナが宥めるのに苦労することになるのだろうと思う。

申し訳ないけど、どうしようもない。

ただ、事実を告げることもできず、とりあえず思い残すことのないよう、今一緒の時を楽しく過ごすだけ、だ。

きゃきゃきゃ、とミリッツァがご機嫌の声を立て。

僕がぐりぐりお尻の上部を撫でてやると。

ウォン、と珍しくザムも上機嫌を告げる吠え立てを上げた。

夕食は予定通り、使用人も含めた家人一同を食堂に集めての宴になった。

当然、いちばん上座に父。それを挟んで母と兄が向かい合う。いつも兄と並ぶ僕だが、今日は母の隣。兄の横にはベティーナに付き添われたミリッツァが、にこにこと正面から僕に笑顔を見せている。

以下、クラウスとイズベルガから順に、料理人や護衛たちも席に着いている。

一緒に食卓に着かず玄関付近の警備を続けているのは、臨時雇用の傭兵(ようへい)たちだけだ。彼らには後刻こちらの護衛たちと交代して、いつもよりは豪勢な食事が振る舞われることになっている。

父から「皆の尽力もあって、陞爵と増領が果たされた」旨の挨拶があり、一同の喝采を受ける。

全員が、少し前の巣籠もりの沈痛や拝謁準備の狂躁(きょうそう)とはうって変わって、明るい笑顔だ。

僕からは「おせわ、なり、ありがと」だけ、挨拶で伝える。

これにもイズベルガが「おめでとうございます」と穏やかに声を返し、使用人一同はそれに倣う。

その後は、陞爵に絡んだ明るい話題だけが続いた。

昨年末から新年にかけて、コロッケ販売を軌道に乗せるために屋敷の使用人たちも駆り出されて、てんやわんやだったという思い出話。

これからは子爵家にふさわしい陣容を整えるために、使用人たちも増やさなければならない、という言い交わし。

とりあえずは次月中に、陞爵披露の宴を大々的に開く必要がある。それに間に合うように雇用募集をしなければならないが、さしあたっては臨時雇いも考えねばならぬな、と父はクラウスと話している。

しばらくはまた大変になる、と言いながら皆、楽しげな面持ちだ。

その計画の中から赤ん坊が一人欠ける、という話題は誰も出さないし、僕も触れようとしない。

賑やかな喧噪の中に、夜は更けていった。


ヒルデや料理人たちが、食器類を片づけ始める。

護衛たちは持ち場に戻り、傭兵たちと交代する。

イズベルガとベティーナは、主人の世話。いつもより食事時間が長くなって、僕とミリッツァから入浴を済ませ、もう就寝の支度を始めなければならない。

最後の夜なので、僕は両親の寝室で寝かされることになった。当然、ミリッツァも一緒。兄も誘われていたけれど、固辞したらしい。

食卓の椅子に座ったまま、ベティーナがミリッツァの口周りを拭く奉仕を眺めていると、イズベルガが母に伺いを立てていた。

「ルートルフ様にして差し上げられるのは、お身体を綺麗にしてお出でいただくことぐらいですからね。今夜はわたしもお風呂を手伝いましょうか」

「そうねえ……」

「あ……」

聞き慣れない強ばった音声に、きょとんと母とイズベルガが視線を送る。

見ると、ミリッツァを抱き上げかけで戻した、ベティーナの手が止まっている。

「その……」

「どうしたの、ベティーナ？」

「ルート様……お世話……」

「はい」

「ベティーナの役目……しますですぅ……」

自分一人でする、と言いたいようだ。

僕の知る限り母やイズベルガの言いつけに逆らったことがない、子守りの声が強ばり震えている。

唇を引き結び、崩れかけを押さえたような顔つき。握りしめた小さな両手。

ようよう絞り出した声が、今にも幼く溶け落ちそうに。

ちらとイズベルガと目を合わせ、母はわずかに微笑(ほほえ)んだ。

「そうね、ベティーナのお仕事だもの。今夜も、しっかりお願いね」

「はいぃ……」

ぐす、と小さく啜り上げ。

そそくさ、ミリッツァと僕を両手に抱き上げる。

「ルート様、すっかり重たくなったですぅ……」と、静まりきった部屋に小さな独り言が流れる。

何処かよたよたした足どりで、赤ん坊二人は運ばれていった。

温かな湯気の籠もる浴室で、僕は全身くまなく、丁寧に磨き上げられた。それこそ、足の指の間まで、念入りに。

いつもより長い時間をかけた奉仕の末、ゆったり盥(たらい)の湯に浸(つ)かる。

真剣な顔つきの子守りにさっきから発声もなく、続けて洗われているミリッツァまで戸惑い気味に大人しくなっている。

すっかりベティーナに懐いたこの妹は、ご機嫌具合まで子守りと同調していることが多いのだ。

ふうう、と弛緩(しかん)した息をつき、僕はそちらに声をかけた。

「みりっちゃ」

「あいい」

「ばんじゃーい」

「あんじゃー」

笑って両手を突き上げてみせると、真似(まね)っこ娘もすぐそれに倣う。

小さくくすっと笑って、ベティーナはその空(あ)いた横腹に手拭いを滑らせた。

「ミリッツァ様、ほら、こしょこしょ——」

「きゃきゃきゃきゃ」

「ほらこっちも、キレイキレイですう」

「わきゃきゃきゃ」

少し力を戻した手つきで綺麗に洗われ。

同じ盥に入れられて、ミリッツァは僕に抱きついてきた。

「きゃきゃきゃ」

「べてぃなのおふろ、いちばん。なあ」

「なあ――ちばん」

「ルート様……」

「今まで、ありがとう」とここで口にすると、堰を切ってベティーナが号泣を始めそうだ。

なので、心の中で呟くだけにする。

暴れたがる妹を押さえ、肩まで湯の中に沈めてやって。

口元を引き締めて、そのまま子守りは忙しなく周りの片づけに動いていた。

濡れた全身を拭いてもらい。

ベティーナのその奉仕が妹に移っている間に、僕は難渋しながら衣服を身につける。

最近は、この程度までは自力でできるようになっているのだ。最後の着衣具合の整えは、子守りにしてもらうのだけれど。

「はい、しっかりかっこよくなりましたあ」と襟元を直したベティーナのにっこりに、「ん」と頷き返す。

戸口に控えていたテティスが、何処か複雑そうに笑いかけてきた。

「ルートルフ様、すっかりいろいろ、お一人でできるようになられましたね」

「はいい、本当にお利口様ですう」

「はは、でも……」

「はい、王宮では無理せずお付きの者に任せた方がよいかと思います。と言うよりも、何人も世話する者がついて、自分ではさせてもらえないのではないかと」

「だよね」

元来ふつうの同年代より自立心が旺盛なのと、一人で二人の赤ん坊を世話する子守りの手間を省こうとして、いろいろできるように努めてきたけれど。これからは王族準拠の立場として、「らしくない」と行動を制限されそうな予想がされる。

まあそうなったらなったで、そこの習わしに合わせていこうと思う。

ただ今まで、何かできるようになるたび大感激してくれたベティーナの反応、それがなくなる生活が、どうも想像つかない。その辺はそれなりに、新しいお付きの者との付き合い方次第、ということになるのだろうけど。

「お風呂、終わりましたねえ。歯も磨きましたあ。あと……」

口をすぼめて、ベティーナは日課遂行を指折り数えている。

そうして、うんうんと頷き。

「じゃああとは、旦那様と奥様のお休み支度を待つだけですぅ」

「ん」

二人を抱えたベティーナにテティスが付き添って、廊下を歩く。

この屋敷に来てからだけでも何回もくり返した習慣が、これで最後なのだ、と改めてしみじみ思う。

居間には、両親とイズベルガだけが残っていた。兄はもう、自室へ上がったらしい。

何ということのない、歓談。その後両親が順に入浴に向かい、僕は代わる代わる残った膝上に落ち着けられた。

「ついこの間『立っち』ができるようになったと思ったら、もうずいぶん歩けるようになっているんですものね。ルートルフの進歩は、たいしたものです」

「そうですねえ」

「はい、ルート様はすごいですう」

父の入浴の間、膝に抱いた僕を揺すりながら、母は侍女たちに笑いかけている。

目を少し上方へ向けて、何処か夢見るような顔で。

「あるけるようになるの、おそいくらい」

「そこはあの、病気のせいですからね。もう全然心配なくなって、最近のルートルフの成長は順調だと思いますよ」

「ルート様の『あんよ』の練習、ご立派ですう」

「まだ、おうきゅうのなかだと、あるききれないかも」

「それは、王宮は広いですからね。でも、お付きの者が何人もいるから、心配ないですよ」

僕の心配を笑い飛ばして、母は「ねえ」とイズベルガを振り返る。

ベテラン侍女は、大きく頷き返す。

「もちろん、そのはずです。それに聞いたところでは、王宮には『赤ん坊車』というものがあるそうですよ」

「ええ？　何ですかあ、それ」

「赤ん坊が入るぐらいの箱に車輪をつけたものを、お付きの者が押して歩くのだそうです。本当に後宮の中は広いですから、抱いて歩くより安全なのでしょう」

「そうなんですかあ」

「わたしも、それは初めて聞きました。そのようなものがあるなら、安心ですね」

ねえ、と囁きかけて、母は僕を揺すり上げる。

乗り心地はどうなのだろうかとか、王子でもない僕にそのような高級品が使われるのだろうかと か、疑念はあるけれど、口には出さないでおく。

どんな外観なのだろうか、などと女たちのやりとりが盛り上がり、居間の中に笑い声が行き交う。

ベティーナに抱かれたミリッツァまで、つられて「きゃあきゃあ」と笑い出す。

戻ってきた父が「何の騒ぎだ」と苦笑するほどだった。


両親とともに寝室に入る頃には、もうミリッツァはくうくうと寝息を立てていた。

戸口で父がベティーナから娘を受けとり、ベッドに運ぶ。僕はと言うと、ずっと母の腕の中だ。

寝台でも、ぴったり母に寄り添う位置に落ち着けられた。ここはいつも通り背中に妹が貼りつき、その向こうに父が横になる。

柔らかな胸元に抱き寄せられ、何度もさわさわと髪を撫でられ。

「身一つで行くのですから、身体だけは元気でなければなりません。明日は王太子殿下と懇談だそうですので、寝不足で参るわけにはいきませんからね。よく眠るのですよ」

「は」

「母から、何も言うことはありません。ルートルフは、しっかりお勤めを果たすのですよ」

「は」

「無理しないで、身体は壊さないように」

「は」

「それに……」

「何も言うことはない」と言いながら、何ということもない言い渡しがぽつぽつと続くのだ。

その一つ一つに、僕は頷いて聞く。

続くうち、囁きは同じようなくり返しになり、途絶えがちになり。

ひときわ強く、僕の頭は胸元に締め寄せられていた。

「これは、覚えていてはいけません。忘れなさい」

「え」

「我慢できなくなったら、帰ってきなさい。赤ん坊らしく聞き分けなくぐずったら、誰も駄目だと言えません」

「……は」

「ルートルフは赤ん坊なのだから、本来そんな、我慢することはないのです」

「ん」

「……でも、忘れて……しっかり勤めなさい」

「は」

言っていることがいい加減、辻褄（つじつま）合わなくなってきているのだけれど。

それでも一つ一つ、熱く耳から染み渡る。

すりすりと、肌触りのいい母の寝間着に、額を擦（す）りつける。

「かえらない。しっかりつとめる」

「はい」

「かあちゃとみりっちゃのいる、くに、まもる」

「……はい」

それきり、言葉は途切れて。さわりさわり、後ろ髪が撫でられる。

その手が時おり離れ、さらに後ろへすり動く。それを感じて。

考え、わずか迷ってから、やはり口にすることにした。

「ちーうえ、はーうえ」

「ん、何だ」

「何」

「ばかなこと、わらっていい、けど、たしかめたい」

「何なの？」

「みりっちゃ」

「はい」

「もしかして……ろーたるのこども？」

「え？」

頭撫での手が止まり。

背中の方で、息を呑む気配。

数度呼吸の後、父の硬い囁き声が流れてきた。

「何でそんな、思う？」

「ははおやしんだ。しばらくしらなかったって」

「うむ」

「へるふりーと、きがちゅかないわけ、ない」

父が騎士階級の娘と付き合うようになり、子どもを儲けた。それはいい。

しかしそれを、毎日ほぼ離れず仕えるヘルフリートの目を盗んでできるはずがない。そもそも、聞いた限りの事情なら秘密にする理由もない。

その付き合いと出産が事実なら、まず絶対ヘルフリートは知っていたはずだ。

昨秋過ぎから父が忙しくなり、母娘のもとを訪ねることが減った。母親が死亡したことにしばらく気がつかなかった。それも父だけならあり得るかもしれない。

しかし、ヘルフリートが承知していて、そんな事態になることはあり得ない、と思う。

主君の実子が存在しているのだ。何ヶ月も目を離すことなど、するはずがない。絶対少なくとも、近所の者に渡りをつけてもしものとき連絡があるようにするなど、処置をとっていたはずだ。

ヘルフリートがそういう動きをしなかったというなら、ミリッツァは父の実子ではない、としか考えられない。

では何故、父は自分の子として引きとることにしたのか。

そのような事情の生じる相手、僕が知る限り、ロータルという人物しか考えられない。

長年父の親友であり、護衛を勤め、この冬の初めに父を庇って殉死した男だ。

その少し前、妻を亡くしていたという。

もしその死因が、娘を出産したことに絡むものだったとしたら。

主君が突然多忙になっていた最中に余計な気遣いをさせないよう、ロータルが妻の死亡はともかく、娘の出生を当分秘匿する判断をしたことは十分考えられるのではないか。

突然の、遠方での父親の死亡。とりあえず娘を預けていた先に詳しい情報が伝わらず、数ヶ月連絡がとれずにいた、ということはあり得るだろう。

この春になって初めて親友の忘れ形見の存在を知り、父がその処遇を考えたということではないか。

長年の友人で殉死した護衛への報償として、これ以上ない機会。この娘を、何不自由ない環境で育ててやりたい。

考えられる限り最高の選択は、男爵家の実子として引きとる、という判断だったはずだ。

「もしそうだとすると、ルートルフ、お前はどうするのだ？」

「なにも……みりっちゃ、いもうと」

「……そうか」

「でも」

「何だ」

「みりっちゃ、なきやまない、だったら、かあちゃ、だいてあやす、いい、おもう」

「え」

想像通り、ミリッツァがロータルの子どもだとしたら。父はまちがいなく、母に相談を持ちかけているはずだ。かの護衛は、両親二人にとって大事な存在だったと聞いている。

まずまちがいなく、ミリッツァが父の実子であると自然に周囲に受け入れられるようにという意図で、母は表面上拒絶の態度を選択したのだと思う。

屋敷の使用人たちや領民たちに完全に実子と信じ込ませることが、最もミリッツァの立場をよくするはずだから。

秘密を知る者は、少ないほどいい。両親以外に真実を知るのは、ヘルフリートくらいか。クラウスとヘンリックが微妙なところ、という気がする。

その辺、確かめる気も起きないけど。ここで、肝腎なのは。

長年傍にいた、親しい友人の忘れ形見なのだ。母に、ミリッツァを愛しみたいという気がないはずがない。

そもそも以前から、実子が男の子二人だから「もう一人は女の子がほしい」と、よくイズベルガと話している。身体が弱いせいでなかなか希望を実現できないのが悔しい、と。

そして実際母は、「この子を自分の近くに寄せないで」と使用人たちに命じながら、ミリッツァを自分のいる同じ部屋で遊ばせることに忌避感を見せていない。

それどころか――たぶん僕しか気づいていないだろうけど――他の者に気づかれない程度にちょくちょく、娘の動きを目で追っている。さらにしばしば、僕を撫でたり抱き寄せたりするどさくさに紛れて、傍にいるミリッツァに触れようとする仕草を見せているのだ。

母に、ミリッツァへの情愛は、まちがいなくある。

それなら、それをこの機会に解禁すればいいと思う。

僕がいなくなったことを知れば、おそらくまちがいなく、ミリッツァは泣き止まなくなるだろう。

これまでの例からして、ベティーナや兄でも宥め抑えきれないはずだ。

どこまで効果があるかは分からない。けれどそこで仕方なくの打開策として、母がミリッツァを抱き宥める行為を始めるのに、周囲から不審の目を寄せられることはないだろう。

ミリッツァにとっても、子守りや兄弟以上に、母親代わりとなる存在の抱擁は大きな慰めになるはずだ。

災い転じて福、とばかりに、これを母とミリッツァの関係を変える機会にすることはできると思う。

そう、ここまで具体的に僕が告げたわけではないけれど。少し考えて、母は静かに頷いた。

「そうですね。それもいいかと思います」

「だな」

両親の納得を確かめて、僕はもぞもぞとさらに母の胸元へ全身を密着させた。

温かく、柔らかく、甘く。

明日以降はともかく、今夜だけは、ミリッツァにもこの位置を譲りたくない、と思ってしまう。

朝を迎えたら、新しい生活に歩み出さなければならない。その前に、この温もりをしっかり噛みしめておこう、と。

それでも現状を満喫するゆとりもなく、いつの間にか僕は眠りに沈んでいた。

抱き上げられて、目を覚ました。

「はいベティーナ、お願いね」

母の手から、寝台横のベティーナへ。いつもの朝の進行だ。

ミリッツァと二人抱えられて、自室へ移動。室内着に着替える。

おむつ替えの終わった妹が、機嫌よくまとわりついてくる。

「わう、きゃきゃ、るー、るー」

「ミリッツァ様、遊んでいる時間はないんですよお」

「やーやー」

引き離され、抱き上げられてなおご機嫌の様子に、安心。

朝食後早々という頃合いに王宮からの迎えが来る予定なので、本当にぐずぐずしている余裕はないのだ。

廊下で待っていたザムの背に、二人乗せられる。

そのままいつも通りに階下へ向かう、が。階段前でいきなり、僕は抱き上げられた。

むす、と無表情なままの、兄の腕に。

一つ揺すり上げ、やや乱暴な足どりで階段を下り出す。

もう慣れてしまった、そこそこ粗雑ながらしっかりした、兄の抱き運びだ。

「楽しみにしてた、王宮入り、だな」

「ん」

「楽しくやれよ」

「ん」

「こっちは領地の発展、あれこれ楽しみだ」

「ん」

「お前はそっちで、国のために、勝手に楽しくやれ。もう領地の心配はいらない」

「……ん。たのしみ」

まったくこちらを見ないまま、足元に気配りをして、一歩ずつ。

すぐに一行は、食堂に入る。

もう父と母が席に着いて、笑顔で待っていた。

「お早う、ウォルフ、ルートルフ。今朝は気持ちのいい好天ですね」

「うむ。いかにもな真夏の初日だな」

「お早うございます、父上、母上」

「はよ、じゃます」

変わりのない、朝の挨拶を交わす。

ここは、いつもの配置。兄の横に僕とミリッツァも並び、いつものように離乳食に苦闘して、朝食をとる。

ミリッツァの補助をしていたベティーナが手を伸ばして、口周りを拭いてくれる。

それを見て父と母が、唇の端だけで笑う。


食事を終え。ミリッツァを父の膝に委ね、僕はベティーナに抱かれて部屋に戻る。

国王拝謁時に着用したものに次ぐ、よそ行き仕様の服に着替えさせられる。

身なりを調えた僕をベッド縁に座らせ、数歩離れて、子守りは矯めつ眇めつ。

「ご立派ですう。ルート様はきっと、国いちばんのお子様です」

「……そ」

「どこへ出ても恥ずかしくない、身拵えですよお」

「べてぃなや、みんなのおかげ」

「……はいい」

ず、と啜り上げのような音はしかけたけど。もう見慣れた娘の顔は目の前から消えて、僕は背中から抱き上げられていた。

用意された荷物は、旅行用の鞄が一つ。とりあえずのいくつかの着替えと、母とイズベルガが縫った涎掛けが数枚収められている。

あとは、僕が本から書き写した書板を三枚、持参していく予定。

何度見直しても、情けないほど軽装備だ。

数少ない荷物を、ヘルフリートが玄関横に配置する。

母の膝に乗せられて、半刻ほど。戸口に訪う合図があった。

迎えに訪れたのは、先日王宮内で先導してくれた年輩の執事だ。助手のような若い男を二人、後ろに従えている。

「王室執事長のウルリヒと申します。ルートルフ様をお迎えに上がりました」

「ご苦労」

父が短く応対する。

母からベティーナへ、ベティーナから執事へ、僕は順に手渡しリレーされた。

ほとんど荷物の受け渡しのような素っ気なさだが、さしあたってこの件を外部に大ごとに見せないよう、王室側も父も見解一致しての配慮だという。

家人たちに一通り会釈を回して、ウルリヒは僕を揺すり抱き収める。

「大切にお預かりいたします」

「頼む」

「しっかりお勤めするのですよ、ルートルフ」

「ん」

「これにて、失礼いたします」

大きく一礼して、僕を抱いた執事は踵を返した。

助手たちが、わずかな荷物を受けとって続く。

外には、豪奢な白塗りの馬車が一台待ち受けている。

乗り込む際振り返ると、玄関先に兄と、低頭した使用人たちが並んでいた。

両親とベティーナ、ミリッツァの姿はない。

貴族当主夫妻がここまで見送りに出ないのは、当然。

ベティーナは、ミリッツァに刺激を与えないよう、奥で遊び相手をしているのだろう。

最後までお見送りはしない、できない、とは、昨夜本人が母やイズベルガに願い出ていたところだ。


車内に落ち着き、ウルリヒは自分の隣に僕を座らせる。

「すぐ着きますので、ご辛抱ください」

「ん、わかった」

この執事は先日の謁見の間で同席していたので、自然に会話ができる。

しかし続いて乗り込む若者二人は、僕の赤ん坊らしくない応対ぶりを見てわずかに目を丸くしているようだ。

その付き添いの二人は、後ろに着席。他に護衛が二名、車体横に控えている。

御者が手綱を振るい、ゆっくり馬車は動き出した。

石畳舗装された道路ではあるし男爵家の馬車より高級品らしいので揺れは少ないようだが、やはりお尻にそれなりの振動が伝わってくる。

考えてみるとたいてい僕は馬車の中で誰かの膝の上ということが多いので、こうして座席から直接振動を感じることがあまりないのだ。

これも一つ、これからの生活の変化なのだろうか、と思う。

先日父や兄と同道したときと同様に、王宮までの短い道を進む。

両側は貴族の屋敷がほとんどだが、先の王宮前広場が市民たちの憩いの場になっていることもあり、この日もそこそこ人通りがある。

思い返すと、王都へ来てから約ひと月、僕は屋敷と王宮、そしてこの道すがらしか目にしたことがないのだった。

そんなことをぼんやり思っていると。

「ご覧なさいませ」と、ウルリヒが僕を座席に立たせてくれた。

大きな屋敷を過ぎ、道の先に広場が開けている。

「あの人々の明るい姿は皆、ベルシュマン卿やルートルフ様のお陰でございます」

土と草が入り混じり広がり、あちこちに色とりどりの花が咲き出している。

休日ほどではないだろうが、王宮前広場には大勢の人が歩き、子どもたちが元気に走り回っている。

夏場は常設しているという屋台や見世物小屋などの、今は準備中らしく、至るところからトンカンと建設の槌音が行き交い、響鳴している。

遠く離れても、子どもの歓声が絶えず風に乗って流れてくる。

この日が七の月の初日ということもあり、みんなが薄い夏の装いで身も軽げだ。

「あのまま病が収まらなければ、今頃はこの辺りも死んだようになっていたことでしょう」

「ん」

「この民衆の姿を守るのが、王族や貴族の務めでございます」

「ん」

何だか綺麗事めいたお題目、という気がしないでもないけど。

そうとでも思っていなければ、この行く先に志気は持ち続けられないかもしれない。

――王族、貴族の務め。

綺麗事でも何でもいいので、一つ胸に抱えておこう、と思う。

からからと喧噪の中を行き過ぎ、やがて馬車は王宮の門をくぐった。

いかにも王族の出入口らしい飾られた戸口へ、執事に抱かれて歩み入る。

この瞬間から、僕は王宮の住人となった。

特別番外編1 男爵家文官、震える

カ、カ、カ、カ、と、高らかに蹄(ひづめ)の音を立てながら、馬を走らせる。すぐ後ろに二頭、同じく全速近い騎馬が走りを合わせてくる。

このまま進むとベルシュマン男爵領に続く街道を、ヘルフリートは王都警備隊の隊員を案内していく途上だ。

この朝、主(あるじ)男爵の次男ルートルフ様と息女ミリッツァ様が賊に攫(さら)われた。ヘルフリートと長男ウォルフ様たちが必死に探すところへ、幸いオオカミのザムが見つけて二人を連れてきてくれた。

ありがたいことに二人とも命に別状はなかったが、見るからにルートルフ様は擦(す)り傷だらけ、疲れ切ったように意識を失っている。

急いで子どもたちを最寄りの町へ連れていき、ヘルフリートは駐在していた警備隊隊員を伴い、現場の確認に向かうところだった。

見つけた当座はそれ以上捜索をしなかったが、おそらくザムが出てきた木立の奥にルートルフ様たちが連れられていった場所があるのだろう。

賊二人の正体は不明だが、その場所を見つければ何か手がかりが残されているかもしれない。

朝から変わらない曇天で道の行く手も薄暗さが否めないにせよ、ザムと会った地点は判別がつくはずだ。

「あ、あそこだ」

見覚えのある道とも呼べない小道を視認して、ヘルフリートは隊員たちを振り返った。

「そこで、お子様たちを連れてきた愛犬と出遭ったんです。現場はその奥にあるはず」

「そうか」

頷(うなず)き合い、三人は馬の足を緩めて、小道へと折れた。

さすがに正直にザムをオオカミと明かすと説明が難儀しそうなので、犬ということにしている。

隊員たちもその辺の詳細を気にする様子はなく、ただ貴族子女の誘拐犯を追うことに意識を向けているようだ。

木立の間を、しばらく進むと。

それほど広くない平地に、小さな木造の小屋が一つ建っていた。

正面の木の扉が、外向きにぶらんと開きっ放しになっている。

三人、馬から降りて。

無言でヘルフリートを手で制し、隊員の一人が忍び足で扉に近づいていった。

そっと中を覗(のぞ)き込(こ)み、見回し。

「誰もいない」

それでも囁(ささや)き声で伝えてくる。

もう一人とヘルフリートも、倣って足音をひそめ、近寄った。

覗き込むと、一面埃(ほこり)にまみれた床が続き、壁際に薪(まき)らしいものがいくつか積まれている。

それ以上に目を引くのは、中央付近に四角く床板が持ち上がり、黒々と穴が口を開けていることだった。地下室、らしい。

しかもその口からこちら出入口に向けて、何か小さめのものが這ったような擦り痕が床の埃にずっと印されている。

その原因を想像して、ヘルフリートは胸が潰されるような痛みを覚えた。

「地下室に誰か、隠れている？」

「気配は感じないが、そうかもしれぬ」

隊員たちは囁き合い、四角い口に寄っていった。

下へ向けて、木の階段が見えてくる。

しかし、中は暗い。

簡素な松明を用意して、隊員の一人が火を点けた。それを片手に、先んじて階段を下り出す。

「誰かいるのか？　王都警備隊だ。隠れているなら、出てこい」

呼びかけても、下から返事はない。

隊員はさらに、慎重に足を下ろしていく。

もう一人とヘルフリートも続く。

「足跡が証拠になりそうだ。乱さないようにこっち、右端を辿ってきてくれ」

と、先行の隊員がこれもひそめ声で伝えてきた。

頷き、そっと降りていくと。

「な、何だあ？」

先頭から叫び声が上がった。

「どうした？」

「人が、倒れている。二人だ」

「何だと？」

二人続いて、足を速めて降りていった。

下は狭いようなので、ヘルフリートは邪魔にならないように階段の中途で足を止めた。

置かれていた燭台に火が移されて、室内がかなり見えてくる。

三方向の壁に何やら布袋が積まれた、人が二、三人動き回れるかどうかという狭い空間のようだ。

その床の上に、男が二人倒れている。一人は俯せ、もう一人は仰向けに、とりどりの方に頭を向けて。

「どちらも、息はないな」

「どうなってるんだ、こりゃあ」

「ヘルフリートさん、この二人、その誘拐犯でまちがいないかね」

「ええ、そのように見えますね。顔はよく分かりませんが、服装は同じだと思います」

「じゃあ、まちがいないか。しかし本当にこりゃあ、どうなったものか」

二人それぞれ、二つの死体を検分している。が。

「どうなってるんだ、何処にも傷一つないぞ！」

「こっちもだ」

「ええ？　それはどういうことです」

「どうもこうも、死因が不明ということだ、今のところ」

「専門家に見せりゃ何か分かるかもしれんが、こんな傷もない、顔色などにも変化はないときちゃ、お手上げかもしれんな」

「そんなこと、あるんですか？」

　ヘルフリートが問い返すと、二人は苦々しくしかめた顔を振っている。

「原因不明の突然死ってのもないことはないが、こんな状況で、しかも二人揃ってなど、聞いたことないなあ」

「しかし、誘拐犯なんだろうからな。貴族のお子様をこんなところに連れ込んで、こりゃ神罰が当たったぽっくり死かもしれんぞ」

「はあ」

　そうした言い方を無理な決めつけとか迷信だとかは、ヘルフリートも思わない。

　これが王都の中だったとしても、そんな難しい死因を明快に判別する医師など、そうそういないのだ。

　原因のはっきりしない死者を「突然死」「ぽっくり死」という程度の判断で終わらせる例は、いくらでもある。

　生前の素行が悪かった者に対して「神罰だ」などという庶民の決めつけも、珍しいものではない。

　そっと階段を降りて、ヘルフリートは隊員たちの妨げにならない隅に身を寄せた。

　やや顔を低めて覗いても、二人の死者は朝見た賊でまちがいなさそうだ。

　それにしても、「迷信だ」などと隊員の言葉を否定するより、ヘルフリートにとっては「神罰だ」

と胸に苦々しく呟く心持ちの方が強い。

我が主の坊ちゃま嬢ちゃまを拐かすなど、幾重にも神罰が当たって当然だと思ってしまう。

「数少ないが、持ち物はあるか」

「ああ、持ち帰って死体とともに詳しく調べることだな」

「あとは、何もなしか。乗ってきただろう馬も何処かへ逃げたのか、外に見当たらないし」

「そうだな」

話し合って、隊員二人は腰を伸ばしている。

そうして、一通り辺りを見回し。

「床から階段にずっと続いているのは、まちがいなく小さな子が這った痕だ。しかし、一人分か」

「お嬢様はまだ、ほとんど短い距離しかはいはいもできないはずなんです」

「すると、男の子が女の子を背負って這って階段を昇ったのか」

「たいした、しっかりしたお子様だなあ」

「ええ」

男爵閣下ご自慢のお子様なので、と続けようと。

今降りてきた階段を見上げて。

ぶるる、と。

ヘルフリートは何か胸の震えるような感覚を覚えた。

高い。

見上げる階段は、ふつうの一階分より長い気がする。

ルートルフ様は、本当にこんな高い階段を踏破したのか。

それも、ご自分とほとんど大きさの変わらないミリッツァ様を背負って。

いや状況から、そうとしか判断できないわけだが。

本当に？

赤ん坊の身体からすると、この高さはさらにその数倍に見えて不思議ないのではないか。

また、自分と同じ重さを背負うなど、身体の出来上がった少年以上ならともかく、赤ん坊にとってはこれも何倍もの苦役になるのではないか。

自分に照らして想像して。

たとえば体重二倍の者を背負って、三〜四階分の高さまで。

一段ずつもずっと大きい階段を。

俺は、登り切れるか？

よほどの使命感や根性のようなものを持っていれば、可能かもしれないが。

そんなもの、一歳を過ぎたばかりの赤ん坊が、何処から抱え込んでくると言うんだ？

ふつうに赤ん坊の本能みたいなものだけなら、階段を登るにしても一人で挑んだだろう。

それをルートルフ様はまちがいなく、妹様と一緒に助かるんだという強い意志を持ってなし遂げたのだ。

さっきも見た、あれほどボロボロになるまで傷つき疲れて。

あり得ない。

あの赤ん坊様、いったい何なのだ？

ヘルフリートにとっては、まだ数日顔を合わせただけなのだが。

聞いた限り、病に近かった時期もあって体力は他の子より劣るほどだというのに。

精神力だけなら、こんな言葉にすると申し訳ないが、化物じみていると言ってもいいんじゃないか？

あり得ない、だろう。

ヘルフリートが考えている傍で、隊員たちは撤収の準備を始めていた。

「我々は死体を馬に乗せて運ぶので、あなたは先に戻っても構いませんよ」

「そうですか。じゃあ、そうさせてもらいます」

考えをやめて、ヘルフリートはぶるりと一度頭を振った。

今の考察は、誰にも、主人にも話さないことにしよう。

考えるだに、何だか恐ろしすぎるように思えてくる。

意を固め、馬に乗る。

とにかくも早く、ここを見つけた結果を報告しなければならない。

横腹を蹴って、ヘルフリートは馬を駆り始めた。

特別番外編2

外出禁止の陰で

王宮前広場から華やかな音楽が響き渡り、祭りが始まった、ようだ。

五の月が終わろうという今日から三日間、グートハイル王国王都は、建国記念祭一色に包まれる。

この国最大の祭りの興奮で、近所の商店や子どもたちなどは数日前からすっかりその話で持ちきりになっていたものだ。

「いよいよ始まったねえ、お祭り」

「そうだなあ」

一つ年下の妹分アルマの呼びかけに、箒（ほうき）を動かしながらグイードはいくぶんぶっきら棒に応えた。

孤児院ではこんな祭りの日も、いつもの休日と変わらない日課だ。庭掃除の当番になっているグイードとアルマは正面口を掃き終えて、並んで裏口へと移動した。

小さな子たちは周りの民家などにつられてはしゃぎ気味になっているが、グイードたち年長組はなかなかそんな気にもなれない。

院長先生や近くの商店主たちからの厳命で、祭り会場の広場に入ることを禁じられているのだ。

「中に入って楽しめないのは悔しいけどさあ、それでも年に一度のお祭りなんだから、雰囲気だけでも楽しまないと損じゃない」

「そうかあ？」

別に悪さをするつもりもないのだから、広場に出入り禁止までしなくてもいいじゃないか、とグイードたち十二歳で院の最年長に当たる男子仲間は愚痴り合っていた。

商店主たちからすると、孤児院の子どもたちに寄ってこられると広場で開いている出店の雰囲気が悪くなる、という思いらしい。

ふだんからときどきは余り物をくれたり、院に心ばかりの寄付をしてくれたりしている人もけっこういるのだが、かき入れ時の祭りの日に邪魔されたくないということのようだ。

祭り会場では金を持たなくてもそこそこ楽しめるだろうが、それなりの食べ物や出し物には通常以上の値がつけられる。

院長先生にとっては、子どもたちをそんな場に行かせて周りを羨む気ばかりにさせたくないのと、寄付をしてくれる商店主たちの意向を尊重したいのと、両方の思いからの言い渡しなのだろう。

この年齢になって、グイードにもある程度は理解できる。それでもやはり、理不尽だという思いを振り払えないのだ。

「嫌なことばかり考えても、何もならないよ。あたしは楽しむことにするよ。お昼過ぎには小さな子たちと、庭でダンスをするんだ」

「そうか」

広場から一ママータ（キロメートル）以上離れている孤児院まではかなり耳を澄まさないとその賑わいも聞こえてこないが、この初日の昼過ぎには大規模な音楽演奏が行われる習いで、少しはそのおこぼれに与ることができる。それに合わせた子どもたちのダンス会も、この院では毎年恒例のようになっていた。

「まあ、チビたちは喜ぶもんな。楽しませてやってくれ」

「うん」

女の子を中心に小さな子たちの楽しみは、このダンス会。

一方、男子中心に年長組の恒例は院長先生の目を盗んで広場に忍び込む悪戯行為らしいのだが、今年は仲間たちからその計画は出ていない。

——まさか、俺だけ蚊帳の外っていうわけじゃないだろうな。

年齢の割にここに入った時期は遅い、つまり新参者という引け目があるので、そんな疑いも持ってしまう。しかし同時に、あいつらはそんな薄情者ではない、という否定も頭に浮かぶ。

同年の男子二人にはこのところ、そんな子どもっぽい悪戯より優先する関心事があるらしいのだ。そちらを詳しく打ち明けてもらえないことも、また別にグイードの僻みめいたものになっていた。

アルマの宣言通り、昼過ぎには女子全員が年少者たちを連れて庭に駆け出していった。

遠くから何とか聞きとれるほどになった音楽に乗せて、勝手気儘に踊りをつける。ただそれだけの遊びだ。

それでも子どもたちにとって極上の楽しみになるようで、キャキャハハハハ、と次々に歓声が上がってきた。

グイードは一つ年下の少年イーアンと、食堂に残っていた。いつも口数の少ないイーアンは、今も黙々と小さな木の飾り物を彫っている。

同年のホルストとイルジーは、院長先生に頼まれて屋根の修繕に上がっていったようだ。

その先生は庭への出口に立って、子どもたちのダンスを眺めていた。

「みんな楽しそうで、よかった」その口に、半ば独り言のような声が漏れる。「アルマはよくみんなの面倒を見てくれて、助かるわ」

言ってから、振り返って笑った。

「グイードもよ。いつも小さな子たちをまとめてくれて、大助かり」

「いやあ……」

もう老女と呼ばれて無理のない院長先生は、いつだってみんなを褒める。子どもの面倒見がいい、というのはほとんどグイードとアルマへのお決まりの褒め言葉だ。何となくだが、他に美点を見つけられないのだろうな、と思ってしまう。

アルマは明らかに小さな子と一緒になってみんなを盛り上げるのがうまいが、自分は年齢の立場上仕方なくそういう役を務めているだけだ。

十歳以上の者は以前から交代で木工の工房へ見習い修業に通っているのだが、ホルストとイルジーは大きめの木工品、同年の女子ウィラと一つ下のイーアンは小さな工芸品の作製で、かなり才能があると評価されている。

彼らの作品に対しては院長先生も仲間たちも、明らかに心底からと思われる賛辞を送っているものだ。

一方グイードの作ったものに対しての工房親方の評価は「丁寧にできている」という程度のもので、院長先生の評もそれを超えない。

院長先生は、子どもたちを褒めてやる気を出させるのがうまい。

しかしその称賛にも、本心と口先だけのものは当然混じっていると思える。

「アハハハ、何それ、エフレムーー」

女の子の大きな笑い声に庭を見ると、ダンス参加組では男子の最年長エフレムが、妙な格好で腰を振っていた。

「全然音楽に合ってないよお、それ」

と囃し立てながら、全員で笑い転げんばかりになっている。

ああしたみんな一致の喜びようは、アルマの功績とも言える。

さすがだな、とグイードは口の中に呟いた。


次の日も日課の院内仕事を済ませた後は、みんなで遊びの時間になった。日頃から年長組は交代で町内の雑用仕事と木工工房への修業に出かけているのだが、この祭り中の三日間はどちらも休みということになっている。

この日は音楽もあまり届いてこないが好天で暖かいので、ほとんどの子どもは庭に出て遊ぶことにする。鬼ごっこで駆け回ったり、先輩の孤児が作った輪投げや木球の的当てなどで、ひとしきり歓声が飛びかった。

少し遊びに参加した後、ホルストとイルジーはグイードに拝むような手つきを見せて、裏の方へ姿を消していた。

もう数ヶ月も前から頼まれていた習慣になっていて、とりあえずグイードは頷きだけを返す。

何でも二人の話では、秘密の木工品を作っているのだそうだ。

おそらく今までに見たことのない構造になるので、見事完成したら金になる。みんなの生活を楽にできるはずなので、しばらく協力してくれ、と言う。

そういう理由で、本来年長者が世話をすることになっているチビたちの相手は、グイードとウィラ、アルマに任された格好だ。一応、院長先生の許可も得ているらしい。

理由はとりあえず納得して引き受けたが、何とはなしにグイードにはもやものようなものが残っている。あの二人が嘘をついてさぼっているとは思いたくないが、作っている製品の詳細について内緒という扱いが続いているので、どうもすっきりしないのだ。

外の大人に知られると、アイデアを取り上げられる恐れがあるのだという。その辺は分かる気もするが、それにしても自分を秘密を守る仲間に入れてくれないのが水臭いというか、蚊帳の外感が拭えない。

――あいつらは才能があるから、仕方ない。

結局、そういうことで自分を納得させるしかない。

自分がこの院でいちばんの新参者であることは、まちがいないのだし。


グイードがこの孤児院に入ったのは一年近く前、十一歳のときだった。

ここ数年は国内で大きな戦争などもなく、ひどい流行病も見られていないので、孤児が大量に生まれるということもなくなっていた。

大きな病の流行は、八年前が最後ということだ。風邪の症状が悪化したような病が流行り、王都を揺るがすというまでには至らなかったが、王宮では王子二人が死去して大騒ぎになった。

その病で、グイードも両親を失った。

その後は、父親の住んでいた木工職人の集まる住宅地で、近所の人たちの協力で育てられてきた。

中でもオットマーという初老の独身男が、まだ幼児だったグイードを家に引きとって面倒を見てくれた。

無愛想な職人で、子どもを育てることについても事あるごとに、

「近所の連中に押しつけられて、仕方なくだ」

などと言っている。

そのくせグイードが何か不自由していないかと目を配ってくれ、お世辞にも裕福とは言えないがその辺の職人家庭にひけをとらない程度にはものも食わせてもらえた。

近所は高齢者が多く遊び仲間は少なかったが、グイードはそのオットマー爺(じい)さんの手作業の見様見真似(みようみまね)が常となり、将来は同じ木工職人になるんだと思っていた。

それが、昨年の春頃。

オットマー爺さんは、腰を痛めて仕事を請け負えなくなった。

しばらくは寝たきりで動けなくなり、グイードが立ち歩きの世話をしていたが。

少し外を歩けるようなほどまで回復したある日、いきなり言い渡されたのだ。

「お前は今日から、孤児院に行け」

唐突すぎて、言葉を失ってしまう。

それでも何とか、グイードは声を絞り出した。

「いや俺、爺さんの身の回り、手伝うから」

「邪魔だ、出ていけ。俺一人なら、生活していける。お前の面倒を見る余裕は、もうねえ」

「いや、でも――」

「うるせえ、さっさと出ていけ」

嗄れた怒鳴り声とともに、着の身着のまま叩き出された。

呆然として。仕方なく少し歩いて着ける孤児院を訪ねると、話はついていたということで、院長先生に愛想よく迎えられた。

子どもたちからも、特段の抵抗もなく仲間に入れられた。

少々異例なほどの高年齢で入ったので、すぐに即戦力として扱われる。

院内の作業は、最年長男子に加わっての力仕事。

ほぼ毎日、町内の斡旋所に出向いて、ゴミ拾いや荷物運びなど非正規雇用の仕事を請け負う。

国からの補助はあるものの、孤児院側としては、十歳以上の子どもにある程度働いて得てもらう収入を見込んで、運営はようやくかつかつなのだそうだ。

そうして否応なく、グイードはこちらの生活に慣れてきた。

グイードが加わってから間もなく、ある木工工房から話が来た。ふつうの工房ではあまり受け入れない、孤児の見習い修業を引き受けようというものだった。

毎日ではなく交代で、こちらにも十歳以上の子どもを通わせる。

これまで難儀していた成人して院を出る前の修業をさせてもらえるということで、院長先生は大喜びをしていた。

その交代制の仕事と修業が、グイードを加えた孤児たちの日常になった。

爺さんの見様見真似でグイードも少しは木工技能に自信を持っていたのだが、始めてみると自己流で身につけたというホルストとイルジーに到底及ばない。

やや焦りを覚えながら、それでも慌てるなと自分を戒めて、修業に邁進（まいしん）しているところだ。

家を出てから何度か爺さんのもとを訪ねたが、戸に錠をかって顔を合わせてももらえない。修業で一人前と認められたら大手を振って会えるかもしれない、とグイードは思い込むことにした。

祭りの三日目も日暮れを迎え。

最後の夜の賑わいが聞こえてくるかもしれない、と子どもたちは庭に出て耳を澄ました。

陽（ひ）が落ちるにつれ、音楽も高まりをみせてくる。

しかし。まだ夕食にも早いかという頃、それが静まっていた。

わけが分からず、みんなで顔を見合わせてしまう。

遠く会場広場の方でがやがやは続いているようだが、華やかな音楽演奏は中止されたらしい。

「どうしたんだろう」

「ねえ、楽しみにしていたのに」

話し合う子どもたちに、院長先生が声をかけた。

「よく分かりませんが、もうお祭りは終わりのようです。はい、こちらはお夕食にしましょう」

何とも中途半端な気分ながら、食事を終えて。

しばらくしたところで、訪問者があった。王都警備隊の兵だという。

院長先生が戸口で話を聞き、耳を澄ます子どもたちにも切れぎれに聞こえてきた。

「疫病が流行り出している恐れがある。許しの連絡があるまで、誰も外に出ないように」

という通達だ。

まだ話は続いているが、みんな一様に震え上がってしまった。

「疫病だって？」

「みんな、死んじゃうの？」

「こらみんな、騒ぐな！　院長先生から話があるまで、勝手に動いたり騒いだりするな」

上がりかけた声は、ホルストの一喝で静められた。

その後、戻ってきた院長先生から説明があった。

王都の中に悪い病が流行り始めている疑いがあり、祭りは中止となった。

全世帯に通達が回されて、皆に家から外に出ないようにということになっている。

二十年ほど前にも流行したことのある病ではないかと思われ、ひどくなったら死者が出るかもしれない。

感染した人に近づくと移るかもしれないので、外に出てはいけない。

祭りに行った人は大勢（おおぜい）の人に近づいたので感染している恐れがあるが、ここの子どもたちはそういうところに行っていないので今のところ心配はない。

しばらくは外に出ないことを守っていれば、病にかかることはないはずだ。

何日かして感染が収まったら連絡が来るので、それまでの辛抱だ。

「先生は昔聞いた覚えがありますけど、クチアカ病という病のようです。確かに昔は死者も出たはずなので、くれぐれも外出禁止を守る必要があります」

「クチアカ病だって？」ホルストが、声を上げた。「聞いたこと、ある。前に流行ったときはひどいことになって、かかった人――」

「ホルスト！」

院長先生にいつになくきつい目で睨まれて、ホルストは口を押さえた。

他には誰もその辺を知る者はいないようで、二人のやりとりを不思議そうに見ているだけだった。

「とにかく、みんな落ち着いて。しばらくは仕事などにも出ないで、今日のように院の中で過ごすことになります。いいですね？」

「はい！」

こういう口調の院長先生に逆らってはいけないことを全員承知しているので、声を合わせた返事があった。

大部屋で小さな子たちを寝かしつけた後、グイードはホルストとイルジーの寝台に近づいて、囁きかけた。

「さっきホルストが言いかけたの、何なんだ？」

「ああ」ホルストは顔をしかめ、いっそうに声をひそめる。「チビたちの前で言うなよ。年寄りから聞いたことあんだけど、前に病気が流行ったとき、かかった人はみんな別のところに連れていかれたって。集めて治療をするんだけど、ちゃんとした治療法は見つかっていないらしい。へたすると他の人に移さないように、まだ生きている患者を焼いた話もあるって」

「ええ？」

「マジかい」

グイードとイルジーは声を殺して叫び、目を丸くする。

頷いて、イルジーは深々と息をついた。

「そりゃあ、チビたちに聞かせられないなあ」

「怖くて寝られなくなっちまう」

「だな」

でも治療法がなくてどうするんだ、という疑問は浮かんだが、ここで話していてもどうにもしようがない。

とにかくも院長先生の言うように、外出禁止を厳守するしかなさそうだ、と三人で確認し合った。

翌日からも、他の子どもたちにその点をきつく言い聞かせることにしたが。

朝食の後また訪ねてきた兵と話をして、院長先生の顔から少し険しさが減って見えた。

「この病の流行について、王宮の偉い人たちがいろいろ考えてくださっているそうです。まず昨日も言ったように、外に出てよその人に近づいたりしなければ、病は移りません。勝手に出て歩く人がいないように、兵士の人が町を見回っています。それからそうすると食料の買い物などに不自由しますが、今日の午後から食事の配給が回ってくるそうです。この外出禁止が終わるまで、一日二回食料がもらえるので、安心して家にいるようにということです」

「配給――へええ、すごい」ホルストが呟いている。

兵士は見回って歩くだけでなく、この孤児院の前に二名がずっと配置されるらしい。

言うことを聞かずに外に出てきそうな子どもが最も多くいる、という理由が一点。

またここはそこそこ大きな道の行き止まりなので、立っている兵士からかなり向こうまで見渡せて、効率がいいらしい。

「あと、病気にかかった人は別の場所に集めて治療が行われます。ちゃんと治療されるので、症状が見られた人はすぐ申し出るように、ということです。もしも熱が出たり寒気を感じた人がいたら、すぐにわたしに言いなさい。いいですね？」

「はい」

全員声を合わせて、返事があった。

それぞれ院内の仕事に動き出しながら、ホルストがイルジーとグイードに顔を寄せてきた。

「食料配給はいいことだろうけどさ。かかった人を別の場所に集めるってのは前に聞いたのと同じだし、治療法が見つかったっていう話は今日もなかったよな」

「ああ。その辺も、前のときと変わらないのかもしれない」

「じゃあ、やっぱり――」

小声で相槌(あいづち)を打って、グイードもその先は小さな子に聞こえたら大変だと言葉を切る。

昨夜ホルストから聞いた「生きたまま焼く」という言葉が、どうしても頭から離れない。

掃除などを終えて、前の日までよりはかなりひっそり、みんなで屋内で遊ぶことになった。

食堂のテーブルを移動して作った空間で、また輪投げなどに興じる。

いつの間にかホルストとイルジーが姿を消しているのも、同様だ。

午後になると、また兵が訪問してきた。

もうしばらくしたら配給が回ってくるという報(しら)せと、追加の連絡事項だという。

戻ってきた院長先生は、食堂の入口近くにいたグイードとウィラ、アルマに話しかけてきた。

「もう三刻ぐらいで、供給が回ってくるそうです。年長の人たちに代表して取りに行ってもらいます。そのときですけど――」言って、手にしていた布を持ち上げる。「こんな布でしっかり口と鼻を覆うこと、外から戻ったら手を洗うことを徹底してください」

布の見本が渡されたらしい。院長先生はそれを三角に折り、アルマの口を覆うように宛がって頭の後ろで結んでみせた。

「こんな感じですね。なるべく空気が直接口や鼻に入らないようにするそうです」

「なんか大げさみたいだけど、必要なんだよね」アルマが苦笑のような顔になった。「でもこれ、下の方とか開いていて、ちゃんと空気を遮っていないみたい」

「そこは、仕方ないんでしょうね」

「ちゃんと顔の形に縫って作ったら、もっといいんじゃないかな」

「でも、あんまりしっかり覆ったら、息がしにくくなるんじゃない？」

「こないだ寄付でもらった古布の中に、これより少し目の粗い感じのあったでしょ。あんなので作ったらいいんじゃないかな。どう、院長先生？　どうせ時間があるんだから、女の子たちの暇つぶしに」

ウィラと相談して尋ねるアルマに、院長先生は少し考え込んだ。

「そうですね。お裁縫ができる子たちの、練習になるかもしれない。試しにやってご覧なさい」

「はあい」

こういうときにも、アルマは率先して自分の意見を出してくる。

たいしたものだ、とこの議論には加われずにグイードは思った。

数人の女の子たちで裁縫をして、間もなく十枚ほどの口覆い布が出来上がった。

配給が来たぞ、という連絡を受け、ホルストとイルジーが呼ばれる。グイードとウィラを合わせて四人、その布を顔に装着して全員分の食料を受けとりに出ることになった。

見たことのない形の布にホルストとイルジーが感心し、外の兵士や配給の職員に「いいものを作ったなあ」と面白がられた。

配給されたものでの夕食に、子どもたちはみんな大喜びだった。

ふつうの家庭のものに比べるとどうなのか分からないが、パンは柔らかくスープの具も多く、いつもの院の食事より豪華に見えるのだ。

量としてはもちろん腹一杯になるほどではないが、そんなもの最初から求めていない。

「おいしい、おいしい」

「すげえ、すげえ」

あっという間に、スープの皿も舐めたように綺麗になっていた。


その後数日は、街中に緊張が張りつめられていたが。

外出禁止が告げられて七日を過ぎる頃には、訪ねてくる兵士の顔に少し余裕が見えるようになってきた。

たまたま戸口に出ていたグイードが院長先生の後ろで聞いていると、発症患者の数が減り出してきているという。

「誰もが言っているのだが本当に、前のときに比べて今回は上の偉い人がよく考えてくれている。

何よりもこの食事の配給のような庶民の事情を考慮した方策など、今までは考えられもしなかったことだ。宰相様とある男爵様が率先してくださっているそうだが、あちらこちらから感謝の声を聞いている」

「そうですねえ。ありがたいことです」

「結局こっちの西地区で症状が出て隔離された者は、二十名にならない程度だったようだ。死者も出ているが、数名に留まっているらしい」

「そうなのですか。亡くなった方がいるのは残念ですが、二十年前に比べると格段に抑えられているのですね」

「そういうことになる。この近辺、木工職人の集まるそこの地区からこちらに限ると、発症者は四名、死者はまだいないと。こう言っては何だが、我々の見ていた地区が好結果で、鼻が高いところだ」

「それは、何よりです」

院長先生は、安堵の声を漏らしているが。

今の話が気になって、先生が下がった後、グイードは兵士を呼び止めていた。

「済みません、そこの近所で発症した人が出ているんですか？」

「ああ、老人と小さな子どもだけのようだがな」

「年寄りの、名前は分かりますか」

「そこまでは、分からない。七十過ぎの爺さんが一人、婆さんが二人、といったところが隔離の場所、あの西広場に建てたテントに運ばれたと聞いている」

「症状がひどい人は？」

「それも分からない。まあ、年寄りは悪化しやすいと言われているが」

「そうですか」

それ以上は訊き出せず、兵士を見送るしかなかった。

兵士たちは全体から見た割合で楽観しているようだが。

グイードには、どうしても気になってしまう。

そこの木工職人が集まる住宅地だけに限れば、七十過ぎの男はオットマー爺さん一人だけのはずなのだ。

気にはかかるが、何ともしようがない。

自分たちは、厳重に外出を禁じられている。

外からの情報は、立ち番の兵からしか得られない。

これ以上自分にできることが、思いつかないのだった。


それから、三日が過ぎた。

ほとんど新しい情報は入ってこない。

兵士が院長先生と話しているときは、後ろに隠れて耳を澄ますようにしていたが。はっきりした新しい話は出てこないのだ。

日に日に新たな発症者数は減っているということで、兵士も院長先生も声が明るくなってきている。

それでも死者はまだ出ている、隔離されてから悪化している者も老人を中心にまだいるようだ、という話題では沈んだ口調になっていた。

歯噛(はが)みをしたい思いで、奥に戻る。

食堂に入ろうとしたところで、呼び止められた。

今日も裏で作業をしていると思っていた、ホルストとイルジーだった。

「グイードお前、何か心配事があるのか？」

「ここ何日か、顔色がおかしいぞ」

「ああ……」

ばれていたか、と落ち込んでしまう。

何度も、院長先生には相談しようかと考えた。爺さんの無事を確かめに、隔離所に行きたいと。

しかし絶対反対されると思う。無断で外出しないように、監視が厳しくなるのがせいぜいだろう。

そう思ってしまうので、誰にも気づかれないように、顔に出さないように気をつけてきたのだけれど。

「水臭いぞ、俺たちに事情を話せ」

胸ぐらを摑(つか)まんばかりに、ホルストが身を寄せてくる。

水臭いのはどっちだよ、とここしばらくの鬱積が頭に浮かんだけど。結局自分一人で抱え込んでいる重さに、気持ちが負けていた。

三人で裏手に回って、事情を打ち明ける。

聞いて、ううむ、と二人は考え込んでいた。

口を尖らせて、ホルストは顔を上げた。

「特に発症患者の詳しいところは、情報が抑えられているみたいだからなあ。やっぱり隔離所に行かなくちゃ正確には分からないか」

「だなあ」イルジーも頷く。「今回の王宮からの指示は、大勢の人たちが慌てないようにって、そこをいちばん重要視しているみたいだからな。老人の容態が悪化したとか死亡したとか、簡単に情報が漏れないようにしていると思う」

「まずは一度爺さんの家を訪ねて、本人がいるかいないか確かめてみたいんだ」

「絶対、院長先生も兵士も、許しちゃくれないだろうな」

唸るイルジーの横顔を、ホルストはじろりと睨む。

「それじゃあ仕方ない。強行策しかねえだろう」

「やるのか、本当に？」

しかめた顔で睨み返してから。イルジーは苦笑いになった。

「裏手から脱出することもできなくはないけど、何処かで前の通りに出なくちゃならない。そちらを見張っている兵士がいるから、見つかって追いかけられる。他にも見回りの兵がいるから、大声で報せられたら逃げられそうにない」

「てことは、まずここの見張りの目を逸らすしかないな」

「偶然に頼るのでなけりゃ、うまい方法は思いつかないな」

「ぐずぐずしてられないんだろう？　強引にいくしかない」

「おい、どうするつもりだ？」

「グイードの大切な人なんだよな、その爺さん」

ホルストに改めて確認されて、グイードは頷き返した。

「ああ、そうだ」

「こんな言い方するのもおかしいが、俺たちの仲間の中でそんな大切な人がいるのはグイードだけだ。言い換えれば、俺たち仲間の大切な人代表だ、爺さんは。協力して大切にしようぜ」

「いや、なんか――変じゃないか、その言い方」

「とにかく俺は、グイードの希望を叶えるのに協力する」

「ああ、そうだな」

「じゃあどうする、イルジー」

「いやそこまで言って、最後はこっちに丸投げかよ」

「作戦を考える担当は、イルジーだ」

「マジかよ」

「でもさ」グイードは顔をしかめた。「外に出るってことは、大勢の人に迷惑をかけるんだよな。病気の感染防止の邪魔をするって言うか」

「そこは、心配いらないと思うよ」イルジーが肩をすくめる。「外出禁止ってのは最大限の注意を徹底させているだけで。感染者と直接接触しなけりゃ移らないって言っていただろう。一人の外出を許したら、みんなが外に出たがって接触が起きてしまうっていうための指示のはずだ。逆に言えば、グイード一人が外出しただけなら、感染拡大にはならない」

「本当かあ」

「まちがいないさ。一人の勝手は許されないっていうのが偉い人たちの言い分だろうけどね。年寄りの無事を確かめたいっていう子どもの願いまで、許されないわけはないと思う」

それから、短い打ち合わせの後。

準備としては、院長先生が奥に下がっているのを確かめておくことと、三人ともアルマたちが作った口覆い布を装着すること、それだけだった。

「じゃあ、行くぞ」

「おう」

「ああ」

時刻は、正午を回ったくらい。

正面口に出て、外を見回す。変わりなく、門の両側に一人ずつ兵が立って道の方を監視していた。

頷いて、一人ホルストが駆け出した。

門を出て、兵士二人の間をすり抜ける。

「ごめんなさーーい」

「え、何だ？」

「何だ、お前？」

狼狽（ろうばい）する兵士をよそに、右寄りに駆け抜けて住宅の間へと逃げ込んでいくのだ。

「こら待てお前、出ていっちゃいかん！」

兵の一人が、慌ててそれを追っていった。

その後ろ姿が建物の間に消えた、ところで。

続いて、イルジーが駆け出していった。

「すみませーーん」

残った一人の兵の傍を駆け抜ける。

道に飛び出すや、左寄りの住宅の間へ。

「こら、お前もか。止まれ、外に出るな！」

しかし当然、足は止まらず。

追っ手とともに、建物陰に消えていった。

よし、とグイードは腹に力を込めた。

兵士たちが戻ってくる前に、距離を稼がなくちゃならない。

気合いを入れて、走り出す。

後ろから、院長先生の声がした、気がする。しかし構わず、全速力で道へと駆け出していった。


大通りを二百マータ（メートル）ほど進むと左側、軒の間に入れる細い小路が見える。兵士たちの見張りの目が戻る前に、とグイードはそこに飛び込んだ。

この先の家々の隙間を縫う秘密の道は、小さな頃から親しんだ遊び場だ。

身を屈めて、足速に進む。少し大きな道に出ると素速く左右を見回し、一息に横切る。外出禁止されているので、まったく人の通りはない。気をつけるのは見回りの兵士だけだ。

ほとんど足音も立てずに駆け抜け、慣れ親しんだオットマー爺さんの家の前に出た。

――いてくれよ、爺さん。

昨年から何回か訪ねたときには鍵がかけられていたものだが、手をかけると、引き戸は抵抗なく開いた。

懐かしい、埃っぽい匂い。しかし、人の気配はない。

家の中は一目瞭然、無人だ。

偏屈ではあるけど、人の迷惑になる行為をする老人ではない。本人がいるなら近所の人が配給品の運搬を手伝ってくれるだろうし、この期間に外出するとは思えない。

やはり流行病の症状が出て、隔離所に運ばれたのだろう。

ほぼまちがいないと思われ、近所を訪ねて騒ぎを起こす必要はないだろう。

――西広場に建てたテント、と言ってたな。

家を飛び出し、また狭い小路を辿っていく。

慎重に大通りを横断し、さらに進み。以前からこの辺の子どもの遊び場になっている広場に出た。

そこは、しばらく前に見たときと光景が一変していた。

小さめの臨時で建てたらしい木造建築が出現し、木の門が閉められた出入口を兵士が警固している。その奥にはさっきも聞いたように大きなテントが張られて、隔離された治療場になっているようだ。

ここは、裏などから忍び込んでも仕方ない。正面から訪ねて爺さんの安否を問うしかない、と思っていた。簡単に教えてもらえるかどうかは、賭けだ。

そのままの駆け足で、門の前に出る。

と、門の兵士から鋭い声がかかった。

「何だ、子ども！　近づくな、そこに止まれ！」

「はい！」

その場に、急停止。門まで、あと百五十マータほどの距離だ。

「外出は禁じられているはずだぞ。何か用か」

「は、はい――」

声を返して、喉が詰まった。気がついてみるとここまで駆け通しで、息が切れてきていたようだ。

「お、教えてください。ここに、オットマーという爺さんは来ていますか」

「オットマー、か」

じろり、と兵士は瞬きいくつかの間グイードを睨みつけてきた。

それから横を向き、傍らの小さな引き戸を開いて覗き込む。中の誰かと話している様子だ。

いくつか話して、頷き。腰を伸ばして睨み直してくる。

何処か恐ろしい目つきに、規則違反の不届き者として捕まるのか、とグイードの背筋が震え上がった。

「お前、オットマーの身内か」

「は、はい」

「そうか。今調べたところ、オットマーは病の症状を出して、数日前にここに運ばれている。三日ほど悪化するばかりで、命が危ぶまれた」

「そう――」

「それがやっと昨日持ち直して、快方に向かっているということだ。このままなら、あと何日かで回復して家に帰ることができそうだ」

「本当ですか！」

両拳を握って、グイードは叫んだ。

「ありがとうございます！」

そのまま、大きく頭を下げていた。

「お手間をかけて、申し訳ありません」

何度か頭を下げ、そのまま後ろを向こうとする、と。

「待て」

兵士の声がかかった。

「その爺さんに、会っていけ」

「い――いいのですか？」

「特別だ。どうも独り暮らしで生きる気力に乏しい老人、という報告がある。お前は孫か？　顔を見たら少しは気力を出すかもしれん」

「は、ありがとうございます！」

「こっちへ来い」

少し横の木造建築の窓のようなところを、兵士は指さした。

「今、その爺さんを連れてくる。その窓越しに会わせるが、枠から中に身を乗り出したりするな。その口布を着けているから感染はしにくいと思うが、できるだけ近づくな」

「はい、分かりました」

「運がよかったな、お前」初めて、兵士はわずかに笑った。「昨日ぐらいまでは次々患者が運び込まれて、みんな殺気立っていたんだがな。今日辺りからそれも減って、回復する者がだいぶ出てきたもんだから、中で治療している者も俺たちも、機嫌よくなっているんだ。昨日までだったら、こんな便宜を図る余裕もなかった」

「そう、なんですか」

「前回の流行のときは、こんなにうまいこといかなかったらしいぞ。今回は患者が食べやすい栄養のある食物が集められて、回復に役立ったらしい。王宮の偉い人の采配らしいな」

「へええ」

何だかこないだから、同じような感想ばかりを聞く。

よほど今回は、そうした指示がうまく働いたということらしい。

――宰相様とある男爵様、と言っていたか。

その人たちのお陰で爺さんの命が救われたのなら、本当に感謝しかない。

兵士と話しているうち、建物の中に動きがあった。

見ると、大きな板に載せられて横たわった老人が、二人がかりで運ばれてくる。

グイードの寄った窓のすぐ内側、大きな台の上に置かれる。

大儀そうに首を回した老人と、目が合った。

「何だお前、こんなところに来るんじゃねえ」

変わらずぶっきら棒な声が、その口から漏れた。

「心配だったんだよ」

「心配なぞしなくていい！　お前はもう孤児院の子だ。もうこんなところに来るんじゃない」

「そうはいくかよ。俺はまだ、爺さんに恩を返していない」

「そんな必要はない」

「するかどうかは、俺が決める。それにしても爺さん、快方に向かっているって聞いたけど、本当にいいのか？　辛くない？」

　ふん、と老人は鼻を鳴らした。

「いつ死んでもいいと思ってたんだが、治してくれちまったようだ」

「そんなこと、言うもんじゃないよ」

「しかしまあ――生きたまま焼かれずに済んだのだけは、助かったか。さすがにそんな死に方はごめんだ」

「だよねえ」

　もう一度、ふん、と鼻音。

　顔をしかめて、苦労して唾を呑み込む仕草をしている。

「もう少ししたら爺さん、家に帰れるんだろう？　それでも大変だろうから、俺――」

「何度も言わすんじゃねえ。お前はもう、孤児院の子だ」

「だってよお――」

「ふん」

　顔を背け、少し考えてから爺さんは仰向けに戻した。

「そんなに言うなら、お前に頼みがある」

「何だい」

「俺はあの院長婆さんに、若い頃恩義があるんだ」

「へえ」

「俺に代わってお前、あの院長に恩返しをしてくれ」

「そう――」

「難しいことはいらねえ。あの婆さんがいちばん喜ぶのは、子どもが人並みに生きられるようになって出ていくことだ」

「ああ」

「あとは下の子の面倒見る様でも見せてやりゃ、大喜びだろうさ。そうしてやってくれ」

「あ、ああ」

「頼んだぞ、もう帰れ」

「あ、でも――」

「頼み聞く気ねえのか？　帰らなきゃ、院長が心配するんだろうが」

「あ、うん」

「行け」

言い捨てて、爺さんは傍に立っていた介護人に顎をしゃくった。

心得て、二人が老人の横たわる板を持ち上げる。

「爺さん、ちゃんと治して戻れよ！」

呼びかけに、もう返事はなかった。

建物の奥に、その姿は呑まれ。

息をついて、グイードは窓を離れた。

門の前の兵士に頭を下げ。ゆっくりと、もと来た道を歩き出す。


陽は傾いてきているが、まだ高い。

孤児院の前に戻ると、立っていた兵士が二人、睨みつけてきた。

それでも、駆け寄って捕まえるまでの様子はない。

歩き近づいて、グイードは頭を下げた。

「ご迷惑かけて、済みません」

兵士の一人が、軽く頭に拳骨を落としてきた。

「入れ。院長の説教が待っている」

「はい」

廊下を進むと、奥から院長先生が現れた。

無表情のまま睨みつけ、一息置いて口を開く。

「会えたのですか」

「はい。申し訳ありませんでした」

「裏へ行って、水を浴びなさい」

裸になり、頭から水をかけられた。水気を拭く布と着替えを渡され、身を整える。

隔離所まで行ったことを知っていて、手洗い以上の徹底の意味だろう。

そのまま先に立って、院長先生は一階奥の小部屋に導く。

グイードはまだ入ったことがなかったが、用途は聞かされていた。通称「反省部屋」だ。

扉が開かれると、三マータ四方程度の何もない部屋に、先客が二人いた。当然、ホルストとイルジーだ。

胡座で座った二人はバツの悪そうな苦笑いを持ち上げたが、声は出さない。これも、聞いて知っていた。この部屋では口を開くことが禁じられているのだ。

入って同じように座れ、と指示されるものと思ったが。

扉に手をかけて立ったまま、院長先生は問いかけてきた。

「それで、どうだったのですか。お爺さんの様子は」

「ああ、はい。数日前に隔離所に運ばれて、三日くらいは悪化するばかりだったそうです。それがやっと昨日持ち直して快方に向かっている、あと何日かで回復して家に帰ることができそうだ、と。警備の人の厚意で、少し話をすることができました」

「そう。それはよかった」

中の二人も、安堵の顔になっている。

ここまで質問を遅らせたのは、二人に聞かせる意味もあったのかもしれない、と思う。

爺さんとのやりとりも一通り話すと、院長先生は顔をしかめて呟いた。

「人を出汁にして、あの爺い――」

ついぞ耳にしたことのない口調に、グイードは目を瞠った。

こほん、と咳をして、院長先生は顔を引き締める。

「恩義なんて――昔あの爺さんが情けない顔をしていたところをどやしつけたくらいなんですけどね。まあ、いいです。あなたがそういう恩返しをしてくれるなら、喜んで受けましょう」

「はい」

「それにしても憎たらしいから、秘密にする約束を破って、教えてあげます」

「はい？」

「あなたを引きとるときに、あの爺さんからそれなりの寄付をいただいています。だから爺さんもあなたも、その辺を気にする必要はありません」

「そう、なんですか」

「それと――誰も言いませんけどね、あなたたちに木工職の修業の話が来たのも、まずまちがいなくあの爺さんの差し金でしょう。今まで何度頼んでも色よい返事のなかった先から、あっさり掌(てのひら)を返してきたのだから」

「ああ……」

「本人は嫌がるでしょうけど、あなたたちは感謝すること。感謝する、ただそれだけでいいです。一生忘れないようにしなさい」

「……はい」

室内の二人も、黙って頷いている。

「では、入りなさい。何を反省すべきか、分かっていますね」

「はい。言いつけを破って、いろいろな人に迷惑をかけました」

「最低三刻、黙って反省していること」

「はい」

部屋に入り、ホルストの隣に倣って胡座をかく。

ちら、と二人の顔を見て、口の形だけ「ありがとう」と動かすと、軽い頷きが返った。

扉が閉じられ、沈黙が落ちる。

三人とも素直に、ずっと一言も口にせず、同じ姿勢を続けていた。


三刻後に反省室から出るよう言い渡された三人は、院長先生からさらに罰として、それぞれの場所の掃除を命じられた。

ホルストは院長室、イルジーは用具倉庫、グイードは応接室。ふだんから掃除はされているのだが、数箇所頑固に汚れているところがあるので、力を入れて磨くこと。

手抜きしないでしっかりてきぱきやらないと、夕食に間に合わなくなりますよ、という言いつけだ。

苦笑の顔を見合わせて、三人は腰を伸ばしながら部屋を出た。

「一応訊くけどさ、院長先生」ホルストが悪戯っぽい顔で声を出した。「グイードより俺たち二人の方が反省室の時間長いんだけど、これ――」

「こんな悪さ、ホルストが言い出してイルジーが計画したに決まっているからです」

「バレてら」

三人で、情けない笑いを見交わす。

食事時間がかかっているので、全員手抜きすることなく事を済ませ、合格をもらった。

その夜子どもたちが寝静まった後、グイードはホルストに肩をつつかれ起こされた。当然、イルジーも巻き添えになっている。

しい、と口の前に指を立て、ホルストは大部屋の外を指さす。

黙ってついていくと。二階にある男女別大部屋の並ぶ廊下の窓から、そちらは一階建てになっている食堂の平たい屋根が見えている。窓を開いて、ホルストはその屋根の上に降りていく。

小さい子には見せないようにしているが、年長組はときどき利用している気分転換の場所なので、疑問もなく二人はそれに続いた。

王都中が外出禁止になっているので、いつもは夜に開いている種類の店もすべて閉じているらしく、街中にほとんど灯りも見られない。しかし一応半月が空に鎮座していて、手元不如意にはならない程度の明るさだ。

黙ったまま、三人は並んで腰を下ろした。

「これ」と、ホルストが握ったものを突き出した。「さっきの掃除で院長先生に捨ててこいと言われたゴミ箱のいちばん上に、布にくるんで置かれていたんだ」

「干しディオじゃないか」受けとった小さなかけらを月光に透かして、イルジーが小声で言った。

ディオは院の庭にある木に生る実で、そのままだと苦く渋い味なのだが、しばらく干しておくと甘さが出てくる。毎年秋に収穫して軒下に干し、子どもたちのおやつにする。干しすぎると硬くなって小さな子たちに不評なのだが、とにかくも甘いのは確かなので何とか受け入れられている。

真偽のほどは不明だが院長先生はこの味がお気に入りで、こっそり自室に隠していると噂されている。

今回ホルストが見つけたのは、いつも以上に硬めのものが三個だった。保管していて硬くなりすぎたので、捨てるという判断になったのか。せっかくなのでそれを三人で分け合おう、と言う。

一個ずつ配られた端に歯を当ててみると、何とか嚙みとることができる。口の中でふやかしていると、甘さもわずかながら感じとれる。

「これだけ硬いと、チビたちには食えないからな」

「まあ、そうだな」

ホルストの説明に、グイードは頷き返した。

「それはともかく。今日は二人、ありがとうな」

「ああ」

「気にするな」

「反省室に入れられてしまった」

「ああ、あれは久しぶりだったたな。俺は五回か六回目だ」

「俺は、三回目。つくづく思うけど、昔から全部ホルストの巻き添えだ」

「今日のは、グイードの巻き添えだろうが」

「言い出したのは、お前だ」

「そうだけどさ」

「そう言えば、あの兵士の人に捕まって連れ戻されるときに聞いたんだけどさ」イルジーは苦笑いになった。「院長先生、グイードが悩んでいるのに気がついていて、何日か前からその爺さんについてあちこちに問い合わせをしていたらしいよ」

「そうなのか？」

「問い合わせをする先と言ったら、まずは兵士の人を通してということになるからな。でも昨日まではさっぱり分からなかったらしい。どうも病の症状が出た人について、悪化しているものの情報は制限されていたんじゃないか。今日になってようやく快方に向かった人の情報が入って、グイードが出ていった少し後に爺さんについても分かったみたいだ」

「そうだったのか」

「じゃあ俺たち、行動起こすのをもう少し待っていればあれ、必要なかったことになるのか」

「そういうことになるな。ホルストがせっつくもんだから」

「いやいや」

「まあとにかく、俺は爺さんと話できたの、ありがたかったからさ」

「だよな。無駄じゃなかったわけだ」

腑に落ちた、気がする。

院長先生は予め情報を得ていて、グイードが帰ってきた際に最悪はなかったと知っていたので、あの落ち着いた対応になっていたのだろう。

詳しい話を聞くのを反省室前まで延ばしたのも、やはりこの二人に聞かせるつもりがあってだと思われる。

「とにかく、二人には感謝しているよ」

「いいよ、そんな改まらなくて」

「そうだよ」くすぐったそうな顔のホルストに続いて、イルジーは肩をすくめた。「それを言えば、俺たちだってグイードに感謝だ。何だか最近口に出すのが小っ恥ずかしくて、言ってなかった気がするけど」

「何のことだ」

「決まってるだろ。いつもグイードにばかりチビたちの世話押しつけて、俺たちは勝手してるみたいで気は引けているんだ」

「あ、ああ」

「だけど信じてくれよな。絶対みんなのためになるもの完成させるから」

「そうか」

「グイードとアルマがいちばんチビたちの扱いがうまいから、安心しちまっていたと言うかなあ」

ホルストが頭をかいている。「俺なんか最近、怖がられてるみたいだし」

「そんなことないだろう――って、ああそうか、ホルストのはみんなに言うことを聞かせる決め手の一喝って感じになってるもんな。俺も何となく、そんなふうに利用していた」

「てことで、ふだんはグイードに任せた。お前の犠牲は無駄にしないぜ」

「犠牲って、大げさだけど」

ホルストの胸を張った言い口に、笑いを返す。

「だけどさ、その作っているものどんなのか、少しは俺にも教えてくれていいんじゃないか」

「まだ無理だ。俺だって分かっていないんだから」

「はあ？　ホルストが実際に作っているんだろう。分かってないってどういうことだ」

「今作っている部品が仕上がらないと、どんな意味を持つものか説明できないって言うんだ、こいっ」

「今作っているのが精密で難しくてさ、たぶんホルスト以外にはよっぽどのベテラン職人じゃないと作れない。その試行錯誤がずっと続いているんだけど、そこがうまくいかないとどんな動きをするのか、口じゃ説明できないんだ」

「口じゃ説明できないのを発想して、作っているのか？」

「なあ、俺の苦労分かるだろう、グイード？　こんな天才頭と付き合っているんだぞ」

「確かに」

「自分の頭の中にはしっかりした完成品が見えているけど、人に分かるように説明できないって言うんだ。やだよなあ、天才って奴は」

「ほんとになあ」

「そこで二人で話合わせるなよ」

ぶすっと、イルジーは口を尖らせている。

いつも落ち着いて見えている仲間が急に子どもっぽい表情になって、グイードは笑ってしまった。

「それにしてもさ、天才って言うならホルストの方がよっぽどそうじゃないのか」

「そりゃねえだろう、頭がいいのは絶対イルジーだ」

「それは否定しないけどさ。イルジーのはいろいろ自分で調べたり人に聞いたりした結果だろう。ホルストの木工の腕は、誰かに教えてもらう前に自分で勝手に身につけてたっていうじゃないか。俺なんかたいしたことなくても何年か爺さんの見様見真似でやっていたのに、初めてホルストの腕前を見てひっくり返ったぞ。そういうのを天才って言うんじゃないか」

「確かになあ」

「いやいやしかし、頭がいいのはイルジーだ」

なお頑強に言い募るホルストに笑い返して。

「二人が羨ましいよ。俺なんか親方に言われるの『丁寧にできている』ってのがせいぜいだもの」

自虐的に口にしてやや視線を落とし、気持ちを鎮めるために残り小さくなった干しディオを嚙る。

と、予想していた返答がどちらからも聞こえてこない。

不審に思ってグイードが横を見ると、二人とも何処かぽかんとした目を見開いていた。

「何だよ」

「いや、お前――」

「知らなかったのか？」

「え、何を？」

「あの親方の『丁寧にできている』って言い方、最高の褒め言葉だぞ」

「はあ？」

イルジーの言葉に、こちらもぽかんと目を丸くしてしまう。

慌てた弾みに、ディオの残りを丸ごと呑み込んでしまった。

「考えてみりゃ分かるだろう。見習い職人にいちばん求められているのは、言われた通りのものをしっかり丁寧に作ることだ。それができているって言われているんだ」

「……ああ」

「俺なんかそんな褒められたことないし、ホルストときたらいつも『よけいなことまでするな』って怒られているみたいだぞ」

子どもたちの見習い修業は交代制で、年下を引き連れたこの三人が一緒に行くことはないため、その辺は伝聞になっている。

「そうなのか？」

「あの親方の口が悪くて言葉が足りないっての、有名だしな」

「あそこは個人工房じゃなくて、大勢で同じ品質のものを作らなくちゃならないんだから、よけいに丁寧さが優先して求められるって言うんだ。俺は、ホルストなら基本の修業が終わったらあそこを離れた方がいいと思っている」

「そうか」

「まあ、とにかくさ、人それぞれってことだ」ホルストが笑った。「それぞれできることで、みんなの役に立っていこうぜ。院長先生の役に立てってのが、グイードに爺さんの遺言なんだろう？」

「まだ生きてるけどどな」

「俺は当面、イルジーの思いつきを形にして売り物にするのが目標だ。イルジーが言うには、絶対世の中の役に立つんだそうだからな」

「何ができるか分かってなくてそれを言えるってのが、すごいよな」

「イルジーが言うんだから、絶対だ」

「何だか俺も、イルジーとホルストが言うんだから信じられる気がしてきた」

「おう。みんなで協力して、孤児院の生活がよくなるようにしようぜ。グイードの爺さんのお陰で、そのうちみんなでちゃんとした仕事ができるようになるかもしれない希望が出てきてるしさ。孤児院を出るときには、絶対一丁前に稼げるようになるんだ、俺」

「そうだな」

「稼げるようになりたいよな、本当」イルジーが妙にしみじみと言った。「金ができたらさグイード、何かやってみたいことあるか」

「俺か？　そうだな、国中を見て歩きたいかな」

「旅行か」

「うん。同じ国の中でも、北の端だと足が埋まるくらい雪が降るって。南の端には海っていうのがあるって言うけど、見たことないもんな」

「いいなそれ、俺も見に行きたい」

「俺もだ――っておい、そろそろ院長先生に見つかるかもしれないな」

言って、イルジーは手にしていた果実の残りを目の前に摘まみ上げた。

「それにしてもさ、この干しディオ、ちょうど三個だけ布に包まれてたっての、できすぎだよな」

「俺もそう思った」

「だよなあ」

「院長先生には敵わないよなあ」

笑って口に放り込み、パンパンと手を叩く。

「じゃあ、戻って寝ることにしますか」

代表するように言って、ホルストが腰を上げた。

六の月の半ばになって病の流行は収まり、王都はもとの活気を取り戻した。

その月が終わる頃、オットマー爺さんが亡くなったという報せが届いた。自宅で眠るように息を引きとったという。

本人の希望で、葬儀などの一切が終わるまで孤児院には知らせるな、ということだったらしい。

「あの爺さんときたら」

と、院長先生は顔をしかめた。

「あなたに遺族代表とか、葬儀のいろいろで面倒をかけたくなかったんだと思いますよ。それにしたって、水臭い」

説明されて、グイードは黙って頷いた。

――本当にあれ、遺言になってしまったな。

と、ぼんやりした頭で考える。

――頼まれたからには、叶えなきゃならないじゃないか。

思いながら。

院長先生と並んで院内の神台(かみだい)の前に跪(ひざまず)き、静かに祈りを捧(ささ)げた。

特別番外編3 元気娘、ふさぐ

よく眠っている娘の寝顔を確かめて、ウェスタは寝室を出た。

まだ早朝だが、窓を開けても風に冷たさはない。それもそのはずで、五の月も残すところあと三日だ。習慣として六の月からは夏と呼ぶのだから、それももう間もなくとなっている。

厨房に入ると、夫のランセルが井戸から水を汲み終わって、朝食調理のために竈に火を入れているところだった。

「お早う、あんた」

「おう」

「ルートルフ様は本当に、大丈夫なのかねえ」

「手紙だと、少し怪我をしているが心配はないってことだったろう。奥様も行かれたんだし、もう大丈夫だろう」

「ならいいんだけどねえ」

夫婦が仕えるベルシュマン男爵家の長男ウォルフ様と次男ルートルフ様、娘のミリッツァ様が王都に向けて発ったのは、三日前のことだ。

それが「もうすぐご到着だねえ」と奥様とも話していた一昨日、予想もしなかった鳩便の手紙が届いたのだ。

ルートルフ様とミリッツァ様が、賊に攫われた。

何とか救助できたが、ルートルフ様は多数の軽傷を負っている。

王都で医者に診せて大事ないということだが、安静にさせている。

ということだ。

この報せを受けるや、奥様は侍女のイズベルガ、執事のヘンリックを伴って、馬で王都に急行していった。昨日中には王都の屋敷に到着していると思われる。

ルートルフ様の怪我の具合もだが、身体の弱い奥様がそんな無理をして、と気になるところだ。

結果、今はこの領主邸に自分たち親子三人だけが残されている。こんなことは、ここに住み始めてから初めてのことだ。

水を汲み、いつもの日課を始めてはいるけれど、ランセルの動きには何とも力が入っていない。

それを言えば、ウェスタ自身も同じだ。

食を提供する相手の主人がいない料理人と、世話をする対象の赤ん坊がいない乳母。こんな情けないものはない。

さっぱり気が乗らないまま夫は二人のための食事を作り、妻は一歳の娘のために離乳食の準備を始めた。

まだ娘のカーリンが目覚める気配はないので、厨房で二人で朝食をとる。

「ルートルフ様がそういうことなら、皆様がお帰りになるのも予定より遅くなるかもしれないねえ」

「ああ。まあヘンリックさんは明日にも戻るはずだから、その辺は分かるだろうさ」

「そうだねえ」

食事の後片づけをする頃になって、寝室から娘の声が聞こえてきた。

ウェスタが速歩で向かうと、もうカーリンはペタペタ裸足で部屋を出てきている。

「ふぇーーーん」

「おやおや、起きたのかい」

昼間起きている間はほとんど泣くこともない快活な娘だが、寝起きだけはぐずることが多い。抱き上げると、ぐすぐす啜り上げながら両手で力一杯縋りついてきた。

それでも食事をさせる頃には機嫌も直って、「うまうま」と旺盛な食欲を見せている。この点ではルートルフ様より少し遅れたが、最近は自分で匙を使って食べられるようになってきたところだ。

娘の様子を見ながら、夫婦はひとしきり邸内の掃除などに動いた。しかし悲しいことに、それ以外はほとんどやる仕事もない。

いつもならランセルが昼食の準備にかかる頃になっても、自分たちだけなら簡単なもので済ましてしまうのでほとんど手間もかからない。

ひと時に比べて食料庫には干し肉や野菜も十分にあり、最近は定期的にトーフが持ち込まれる。

主のいない館に、申し訳ないほどの充実ぶりだ。

昼にはトーフと野菜で簡単なスープを作るつもりだ、と言って無聊を持て余し、ランセルは外に薪割りに出ていった。

ウェスタは娘の相手をしようと食堂を覗くと、ペタペタ足音が動き回っていた。覚束ない足どりで右へ左へ移動して、カーリンはテーブルの下や居間への戸口やを覗き込んでいる。

「どうしたんだいカーリン、探しものかね」

「かあちゃ」

舌足らずながら使う言葉が増えている最中の娘は、妙に半泣きめいた顔を上げてきた。

「るーしゃま、いない」

「ああ……」

これまでもルートルフ様がお出かけで一人残されたことはあったが、三泊を超えるのは今までで最長だ。日数を数えてのことではあるまいが、昨日までに比べてもいっそうカーリンの落胆はひどいように見える。

「ルー様はいないんだよ、カーリン」

抱き上げ慰めながら、ウェスタは自分自身にも寂しさが募ってくる思いになっていた。

「みりっちゃ……」

「ミリッツァ様もいないさ。寂しいねえ、今日はお母ちゃんと遊ぼうね」

「むうう」

ルートルフ様の残していった積み木や鞠（まり）やで遊ばせても、一応手に取って動いてはいるが気が乗らない様子だ。

ずっと一緒に遊んでいたルートルフ様も、まだ知り合ってひと月程度ながらすっかり仲よくなったミリッツァ様も、遠くへ行ってしまっている。おまけにオオカミのザムまで、ウォルフ様たちを追っていってしまったらしい。

いつもの遊び相手が皆いなくなって、予想していたことではあるが今日のカーリンの落ち込みはひときわに見えている。

娘を不憫に思いながらも、どうしようもない。

それにしても、ウェスタに少し気になっているのは。娘の口調に「ルー様」は躾けられたが、「ミリッツァ様」に敬称をつけさせることができずにいることだった。何とかせめて「ミリ様」と言わせようとしているのだが、先にルートルフ様の言い方に倣った「みりっちゃ」で定着してしまった。

これから長いお付き合いになるはずで最初が肝腎、主筋に対してはけじめをつけておきたい。

奥様は、急がなくてもいい、と言ってくださっているのだけど。

そんなことを思い流し、やはり今日のところは娘の元気のなさが最も気がかりだ。

軽い昼食をとりながら、夫に相談した。

「今日は久しぶりに天気もいいからね。昼からはカーリンを連れて、村の託児所に行こうと思うのさ」

「ああ、それがいいな」

ランセルは領主邸の留守番で残らなければならない。屋敷の管理に加え、護衛がいなくなっているので南の街道から領内への出入りを見張るのも託された業務のうちだ。

「年が近い子たちと遊んで、少しは元気が出るといいんだけどねえ」

「いつも元気なカーリンが大人しいと、こっちまで情けなくなるもんなあ」

「本当さ」

一通りの片づけを終え、ウェスタは娘を抱いて邸を出た。

村までは大人の足ならたいしたことのない距離だが、歩き始めたばかりの赤ん坊には遠すぎる。村人たちのほとんどは農作業と、当番制で製塩作業に従事している。働ける者は男女問わずどちらかに行っていて、小さな子どもは空き家の一つに集めて少し大きな女の子が面倒を見る決まりになっていた。

カーリンはずっとルートルフ様の相手を勤めていたので、その託児所に行くのは散歩で寄る以外は初めてだ。一人で歩いていくことはできないため、他の子とは逆にどうしても親がついていく必要がある。

すっかり畑も緑に覆われ、活気の出ている村の住宅地に入る。

製塩所を覗いて全員知り合いの村人たちに挨拶してから、近くの託児所にしている住宅に向かった。

「おや、カーリンも遊びに来たのかい」

家に入ると、いつもの女の子ではなくルイーゼという主婦が迎えた。女の子は今日は休みで、代わりを務めているという。

同じ一歳の男の子を持つ、少し前にもウェスタと一緒に周年式に行った仲だ。その息子も、八人ほどの他の子とともに遊んでいる。

カーリンを傍(そば)に下ろすと、一応知り合いのその子を先頭に、すぐみんなの仲間に入れてもらえた。

ウェスタも腰を下ろし、ルイーゼと並んで子どもたちを見守る。

「そうか、ルートルフ様もミリッツァ様もいないんだものねえ」

「そうなのさ。カーリンがあまりにも寂しそうになっちゃってねえ」

「そりゃあそうだ。それならここへ連れてくるのがいいさ」

大勢と遊び慣れていない娘がうまく中に入れるか案じていたが、見たところ心配はなさそうだ。

ミリッツァ様なら人見知りが心配になるが、カーリンにその気はない。

見ていると少し大きな女の子が相手をしてくれ、手を引かれて敷物の上をぱたぱた小走りに回っている。

ようやくカーリンの顔に笑いが戻り、きゃきゃきゃ、と嬉しそうな声が聞こえてきた。

「ありがたいねえ、ああして相手をしてくれて。あの女の子、あまり見た覚えがないけど」

「ああ。ラーラは身体が弱くて、少し前までほとんど家から出られなかったからねえ。ほら、領主邸にもよく行っているリヌスの妹さ」

「そうなのかい。ああ言われてみれば、聞いたことがあるよ。三歳って言ったか」

「そう。この冬を越えて、少し栄養がとれて力がついたのか、外を歩けるようになったって」

「それはよかったねえ」

「冬でも野ウサギ肉とか野菜とか食べれるようにしてくれた、ウォルフ様のお陰だって、みんな感謝しているさ」

「本当によかった」

「何度言っても言い足りないけどさ、こんな春からみんな明るい様子になってるって、もう何年もなかったことだものねえ」

「そうだねえ」

「あの柔らかいパンもウェスタが教えに来てくれて助かったけど、あれだってウォルフ様が作り方を見つけたっていうんだろう？」

「そうだよ」

「感謝感謝、ウォルフ様、様々だよ」

「本当にそうだねえ」

ウェスタも感謝の思いとともに、領主邸の使用人として誇らしい気が絶えないところだ。

周年式のときもこのルイーゼと話した気がするが、昨年の不作のまま冬を迎えていたら、小さな赤ん坊から命を落としていたかもしれない。聞く限りでは、あのラーラなどもかなり危なかったのだろう。

この半年あまり何度も思ったが、本当に、ウォルフ様がいろいろ考えてくださってこの村は救われた。

この好況がずっと続いてくれればいい、とつくづく思う。

四刻ほども思い切り動き回り、カーリンはぱたりと横になって眠りについた。

「あらあら、こんないっぱい動いて眠ってしまうの、久しぶりだよ」

「赤ん坊は元気に動き回るのがいちばんさねえ」

「ラーラちゃん、よく遊んでくれてありがとうねえ」

ウェスタが声をかけると、女の子ははにかんだように笑っている。ルイーゼの話では、あまり言葉が達者でないらしい。

少し休ませて、カーリンが目覚めないようなのでそのまま抱いてウェスタは外に出た。

北の畑から、作物が実り始めの青い香りが漂ってくる。

すぐ傍の製塩所からは、活発な声が聞こえてくる。

何度も同じことを思ってしまうが、つい半年少し前には考えられなかった風景だ。

眠った娘の頬(ほお)に顔を寄せ。

「カーリンが大きくなったとき、もっと村が豊かになっていたら、いいねえ」

囁(ささや)きかけてみる。

熟睡している子を、軽く揺すり上げ。

「ルートルフ様とミリッツァ様、早く帰ってきたらいいねえ。またカーリンと一緒に遊んでくれたらいいねえ」

家へ帰る腕の中で、すうすうと穏やかな寝息が続いていた。

人物名等

●ベルシュマン男爵家家族、使用人、領民

ルートルフ・ベルシュマン
　主人公。開始時生後一年一ヶ月。加護『光』
ウォルフ・ベルシュマン
　兄。十一歳。加護『風』
ミリッツァ・ベルシュマン
　妹。開始時生後十ヶ月。
レーベレヒト・ベルシュマン
　父。男爵。三十一歳。
イレーネ・ベルシュマン
　母。二十六歳。
ヘンリック
　ベルシュマン男爵家執事。
ベティーナ
　ルートルフとウォルフ付侍女、子守り。九歳。加護『水』
ランセル
　ベルシュマン男爵家料理人。
ウェスタ
　ランセルの妻。ルートルフの乳母。
カーリン
　ランセルとウェスタの娘。生後一年。
イズベルガ
　イレーネ付侍女。
テティス
　ベルシュマン男爵家護衛。加護『水』
ウィクトル
　ベルシュマン男爵家護衛。加護『水』
ロータル
　ベルシュマン男爵の護衛。死亡。享年三十歳。
ヘルフリート
　ベルシュマン男爵家文官。ヘンリックの息子。
ヒルデ
　ベルシュマン男爵家王都屋敷の侍女。

クラウス
　ベルシュマン男爵家王都屋敷の執事。
ローター
　ベルシュマン男爵家王都屋敷の料理人。
マティアス
　ベルシュマン男爵家王都屋敷の護衛。
ハラルド
　ベルシュマン男爵家王都屋敷の護衛。
ザームエル（ザム）
　オオカミ。
ジーモン
　下宿屋の主人。

●その他、グートハイル王国の人々

シュヴァルツコップ三世
　グートハイル王国現国王。
アルノルト
　王太子。十七歳。
　筆名アルノルト・フイヴェールツ。ベッセルの後輩の研究者。

ディミタル男爵
　元ベルシュマン男爵領の東隣領主。
ロルツィング侯爵
　ベルシュマン男爵領の南隣領主。
ベルネット公爵
　グートハイル王国南方の領主。
ハインリヒ・アドラー侯爵
　騎士団長。
エルツベルガー侯爵
　イレーネの父親。
テオドール・エルツベルガー
　エルツベルガー侯爵の長男。
ウェーベルン公爵
　宰相。

地名

西ヴィンクラー村、東ヴィンクラー村
　ベルシュマン男爵領領地。
ダンスク共和国
　グートハイル王国の西の隣国。

リゲティ自治領
　グートハイル王国が奪われたダンスクの領地。
ダルムシュタット王国
　グートハイル王国の東の隣国。グートハイル王国と友好国。
シュパーリンガー
　ダンスクの西の隣国。グートハイル王国と友好国。
シュトックハウゼン
　シュパーリンガーの西の隣国。ダンスクと友好国。

グートハイル王国
N
山
西ヴィンクラー村
ベルシュマン男爵
東ヴィンクラー村
湖
湖
王領
アドラー侯爵
ロルツィング侯爵
エルツベルガー侯爵
ダンスク共和国
ダルムジュタット王国
?
?
?
王領
?
?
リゲティ自治領
?
王都
?
?
?
?
?
?
ベルネット公爵
海

赤ん坊の異世界ハイハイ奮闘録 3

2024年7月25日　初版第一刷発行

著者　そえだ信
発行者　山下直久
発行　株式会社KADOKAWA
〒102-8177　東京都千代田区富士見2-13-3
0570-002-301（ナビダイヤル）
印刷・製本　株式会社広済堂ネクスト
ISBN 978-4-04-683822-3 C0093

担当編集　森谷行海
ブックデザイン　AFTERGLOW
デザインフォーマット　AFTERGLOW
イラスト　フェルネモ

本書は、カクヨムに掲載された「赤ん坊の起死回生」を改題の上、加筆修正したものです。

ファンレター、作品のご感想をお待ちしています

宛先
〒102-8177　東京都千代田区富士見 2-13-3
株式会社 KADOKAWA　MFブックス編集部気付
「そえだ信先生」係「フェルネモ先生」係

二次元コードまたはURLをご利用の上
右記のパスワードを入力してアンケートにご協力ください。

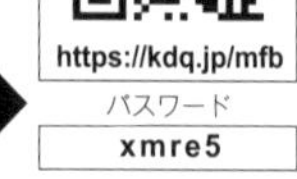

https://kdq.jp/mfb
パスワード
xmre5

● PC・スマートフォンにも対応しております（一部対応していない機種もございます）。
●アンケートにご協力頂きますと、作者書き下ろしの「こぼれ話」が WEB で読めます。
●サイトにアクセスする際や、登録・メール送信時にかかる通信費はご負担ください。
● 2024 年 7 月時点の情報です。やむを得ない事情により公開を中断・終了する場合があります。